集英社オレンジ文庫

神童マノリト、お前は廃墟に座する常春の王

仲村つばき

本書は書き下ろしです。

神童マノリト、お前は廃墟に座する常春の王

Contents

エスメ・アシュレイル
〈緑の陣営〉サミュエルの王杖。
ディルク・アテマ
ニカヤ国大臣。マノリトの伯父。
ローガン・ベルク
ベアトリスの部下で、マノリトの護衛兼お世話係。
マノリト・ニカヤ
心を閉ざした幼きニカヤ国王。

シーラ
スリの少女。
ザカライア・ダール
ニカヤ国の文官。
〈赤の陣営〉の補佐を務める。
ヨアキム・バルフ
ニカヤ国の武官。
〈赤の陣営〉の補佐を務める。
ベアトリス・ベルトラム・イルバス
〈赤の陣営〉の女王。
ギャレット・ピアス（パルヴィア）
ベアトリスの王杖にして、夫。
神童マノリト、
お前は
廃墟に座する常春の王
Character
イラスト／藤ヶ咲

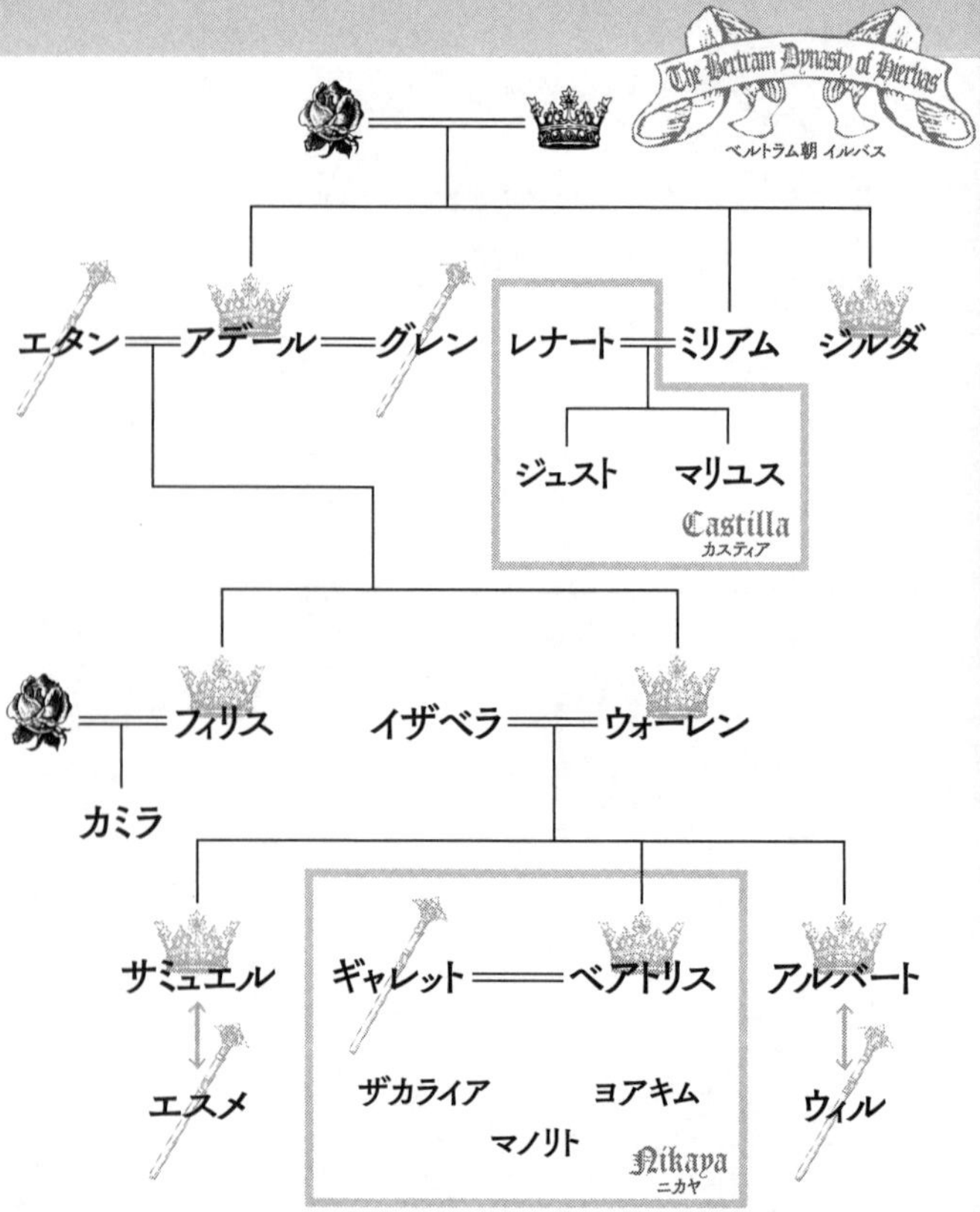

Story

大陸の北、一年のほとんどを雪に閉ざされる厳冬の国・イルバス。革命により王政が倒され、不遇の少女時代を送ったアデール王女は隣国カスティアとの戦渦の最中、異例の戴冠を果たす。それから数十年──王国はアデールの遺言のもと、ベルトラム朝の血族達による『共同統治』が行われ、平和な治世が続いていた。しかし「王家の血統を継ぐ全ての者が王位を継承する」という仕組みには問題も多く、王宮では様々な思惑が絡み合い、時に国全体を巻き込む嵐を生んでいく……。

神童マノリト、
お前は
廃墟に座する
常春の王

プロローグ

玉座《ぎょくざ》の座り心地はどうだ？　堅く、冷たく、息苦しいか？

父はたずねた。溶けたように焦点の合わない瞳をさまよわせ、こちらを見るともなく見ていた。

私は二十年の間、ここに座った。さんざん苦しめられたよ、マノリト。

だがようやく生まれたひとり息子のお前に、もっとも苦しめられることになろうとは。

マノリトは声が出ない。助けを求めて母を見る。彼女はにこにこしているだけ。苦痛を知らないし、知りたくもないといった顔だ。苦痛は出産で十分に味わったのだ。身を切り裂くような痛みと叫びの後に手にした自由を、母はけして手放そうとはしなかった。

精神をこの世から隔絶させて生きることにした彼女は、ひとり息子への関心をも手放した。

マノリトはしばしば自分とよく似た母親の顔が、まるで赤の他人のように思える。

声をあげたい。助けて、と。

誰が助ける、自分のことを？

マノリトにはわからない。

助かるというのは、具体的にどうなるのが、助かるということなのか？

父の代わりにあの冷たい玉座をあたためることか？　それともここから逃げ出すことか？

喉《のど》に石を詰められたかのように、息ができなくなる。

……蝶が、飛んでいる。

ひらひら、ひらひらと。指先でこなごなに崩した夢のような鱗粉《りんぷん》をまきちらし、マノリトにまぼろしを見せる。

鱗粉が目の中に入りこみ、マノリトは叫び声をあげる。だがそれは音にはならない。瞳に張りついた鱗粉が世界をぎらぎらと輝かせる。

意識の向こうで、多くの足音がした。だんだんとマノリトは現実世界に引き戻される。

そう、夢だ。父はもう亡くなったのだ。でも、現実が優しいかと言えば、けしてそうではない。

「マノリト王、大丈夫ですか」

天蓋《てんがい》の布をかき分け、青年がマノリトの顔をのぞきこむ。

「うなされておいででしたよ。水を飲まれますか？　すぐに女官たちが着替えを持ってきます」

人なつっこそうな丸い眼《まなこ》に、白い肌。その柔らかな印象とは相反して、鍛え抜かれた体をしている。彼は軍人なのだ。たどたどしいニカヤ語で話しかけてくる。今日もいいお天気ですよ、わくわくしませんか、もしよろしければ一緒に庭へ出てみませんか。

マノリトはぼんやりとその音を聞き流している。彼の発する音は優しいが、彼方《かなた》からしか聞こえない。

青年の名はローガン・ベルクという。だがマノリトは彼の名を、一度として呼んだことはなかった。

彼には役目がある。イルバスの女王ベアトリスのもとで、マノリトを「一人前の王」にするという役目が。ベアトリスの命令により、マノリトに「優しくする係」をまっとうする。

春はあたたかい。ぬるま湯のように。

「まいったな」

ローガンはため息をついて、後ろ頭をかいた。

人には役目がある。

天から与えられた役目だ。

……僕は動けない。

蝶のように、自由には。

されど蝶とて、一度つかまってしまえば、殺されて標本箱に閉じこめられる運命だ。そして衆人環視のもと、無防備な美しさを晒《さら》し続ける。

王は、魂を失っても、自由になることは許されない。

すべてを放棄したとしても、救いはないのである。

第一章

ニカヤは常春の国といわれている。

あたたかい。

手のひらで閉じ込めた水の中を、泳いでいるかのように。

風にすくわれた髪をかき上げ、エスメは思い切り伸びをしてみせた。

露台からながめる景色は、灰色の雲が覆《おお》うイルバスとはまるで違う。生命力のあふれる緑、青く透き通るような海、虫の羽音にいたるまで。

本当に、違う世界へ来たんだ。

目に入るなにもかもがまぶしく、きらきらと反射して見える。遠くにたゆたう海に目をやり、エスメは大きく息を吸いこんだ。

ここは周囲を海に囲まれた島国である。経済の要《かなめ》は、捕鯨をはじめとする漁業。屈強な漁師たちが闊歩《かっぽ》する市場は、いつだってお祭り騒ぎのように賑《にぎ》やかだ。

初めて城下町をおとずれたとき、エスメはその色の数にめまいがしそうになった。目がちかちかするほどの鮮やかな衣装を身にまとい、人々は町を行き交っている。青、緑、赤、黄、どれもが主張するのにけしてうるさくない。

――サミュエル陛下に手紙を書かなくては。

エスメの仕《つか》える国王サミュエルは、彼女の無事を祈って送り出してくれた。

（本当は、私はサミュエル陛下のそばについていなくてはいけない立場だ。でも陛下は私の背中を押してくれた。私が立派な王杖《おうじょう》となるために。女公爵という称号にふさわしい人物になるために……）

アシュレイイル女公爵。それがイルバス王宮でのエスメの呼び名である。

この称号は、生まれながらにして手にしたものではない。兄と入れ替わり、男の扮装をして、過去、彼女は単身王宮に乗りこんだ。すべては困窮《こんきゅう》した故郷を救うためであった。そのときのサミュエルとの出会いが、エスメの人生をすべて変えてしまったのだ。

エスメは王子サミュエルに見いだされ、彼の一の側近となった。

複数の王冠を支える者のひとりとして。

イルバスという国の王のあり方は、他国に比べれば異質である。

王が三人。王家の血統を継ぐ全員が王位を継承し、国を統治するというのだから。

姉妹で熾烈《しれつ》な争いを繰り広げたサミュエルの祖母・アデール女王は、遺言を残した。ベルトラム王家の子どもたちは、共同統治によって国を治めること。

きょうだいの人数が多ければ多いほど、国の統治は複雑化する。

現在王となるのはエスメの主人であるサミュエル、その姉のベアトリス、そして兄のアルバートである。

三つの王冠が、イルバスの中心に戴《いただ》かれる。光り輝く黄金の輪、それは祝福となるのか……それとも。

（複雑な仕組みのイルバス王制。それを支えられるだけの人物にならなくてはいけないんだ、私が）

国王が己《おのれ》の右腕として誰よりも頼りにする側近は『王杖』と呼ばれ、公爵位と強大な権限が与えられ、王の代理で国璽《こくじ》を押すことができる。

若く、女の身でありながら、エスメは王杖に指名されたのである。

これは異例の大抜擢であり、ひとつの事件でもあった。

エスメは焦《あせ》っていた。イルバス初の女性王杖となった彼女だが、知識も経験も不足している。結果、彼女の属する『緑の陣営』の配下のうちにはエスメを認めない者も多く、日に日に溝が深まっていった。

このまま、自分の評価が変わらなければ。私が悪例となって、今後女性政治家が生まれなくなるかもしれない。

エスメはもがいていた。

私にできることはなにか。学ぶべきことはなにか。

懊悩《おうのう》しながら、エスメはベアトリス女王に手紙を出した。

ベアトリスはサミュエルの姉であり、共同統治制度を敷く現在のイルバスで、唯一の女王である。女でありながら王であること。兄と弟に挟まれながら、王冠を戴き続けることの難しさを、彼女は生まれながらにして体験してきたはずだ。

（ベアトリス陛下のもとで学ぶ。そう決めたからには、一日一日を無駄にしないよう、懸命に励まなくては）

鏡で己の姿を確認する。エスメには、彼女のための衣装が用意されていた。マントのように広がった麻布のドレスの下に、ゆったりとしたズボン。靴は柔らかく、きらきらとした細かな石がたくさん縫いつけられていた。

ベアトリスの見立てだという。

（私のために、動きやすく、かつ男には見えない服を用意してくださったのか……）

髪の結び目に、ペリドットの飾りのついたリボンを挿《さ》しこむ。

レイピアを腰に下げ、よし、と気合いを入れる。

女官たちに挨拶《あいさつ》をし、エスメは与えられた部屋を出た。

金色の額縁《がくぶち》におさまった極彩色の絵画、幾何学模様の彫られた柱、鮮やかな染めの絨毯《じゅうたん》。きらきらと目にまぶしい内装は、イルバス育ちのエスメにとってなにもかもが新鮮だった。

あちらもこちらも、美という美を集約したかのような、絢爛《けんらん》豪華な美術展を見に来たかのようである。ニカヤ国の歴代の国王は派手なものが好きだ。時代が下るたびに、その賑やかさは増していく一方らしい。

本日はとうとう、マノリト王との対面の日である。

「おはようございます。パルヴィア伯爵」

漆黒《しっこく》の髪に青灰の瞳、しっとりとした闇をただよわせるような雰囲気の青年は、エスメを見て目を細めた。

ベアトリスの夫にして王杖、ギャレット・ピアス。ニカヤでは伯爵位を得て、ここでの名はギャレット・パルヴィア。エスメがイルバス初の女性王杖ならば、ギャレットはイルバス初の平民出身の王杖である。ベアトリス女王の王杖となるまで、そして王杖となってからも、彼はさまざまな困難を乗り越えてきた。

お互いの境遇や、ベンジャミン・ピアス子爵に目をかけてもらっているという共通点のせいか、ギャレットはエスメには優しい。実の妹のように接してくれることもある。

「マノリト王について、説明したいことがある」

目の前を歩くギャレットは、青と黒を混ぜ合わせたような不思議な色合いのマントを揺らし、そう言った。

「彼はしゃべることができない」

「……喉《のど》のご病気かなにかでしょうか」

「喉というよりも、精神的なものだ。俺とベアトリス陛下が王宮にやってきたばかりのころはまだ少し話すことができたのだが、今は……一言もしゃべらない」

幼君マノリト。たった五歳で王冠をかぶせられた彼の立場は、非常にあやういものとなっている。

マノリトの父親であるクルト前国王の時代。かつては常春の楽園であったニカヤも、ここ数年でおどろくほどに様変わりした。震災と疫病の流行により国力を弱めてしまったニカヤは、新大陸への侵略の中継地点として、カスティア国に狙われていた。ついに戦争が勃発《ぼっぱつ》するも軍事力の差は圧倒的であり、カスティアの属国になるかというあわやのところで、親交国イルバスの女王・ベアトリスが加勢。カスティア軍は兵を引かざるを得なくなる。

しかし状況は予断を許さない。ニカヤがイルバスの支えでようやく立っているというのは周知の事実。いまだ周辺諸国は虎視眈々《こしたんたん》とニカヤの地を狙っていた。

「マノリト王の不調は……前国王が心労で崩御《ほうぎょ》されたことが原因でしょうか」

「それだけではないのかもしれない」

ギャレットは言葉を濁している。

――他にもなにか、原因があるのだろうか。

頼れる父親が亡くなり、わけもわからず玉座《ぎょくざ》に座らされた。マノリト王は、まだ親に甘やかされていなければならない年齢だ。

「ピアス先生から聞いています。マノリト王はとてもかしこく、聡明でいらっしゃるとか」

「神童と呼ばれている。しかしそれゆえにマノリト王の立場が微妙なものになってしまったことも確かだ」

マノリト王はもうすぐ七歳。だが一般的な子どもたちよりも聡《さと》く、早熟で、思慮深い。彼の類《たぐ》い希《まれ》なる能力に気がついたニカヤの重鎮たちは、鬱屈《うっくつ》のあまり精神を病《や》んだクルト王に愛想を尽かし、幼いマノリトの成長に希望を見いだした。

早くにマノリトを代替わりさせ、摂政《せっしょう》を立ててはどうかと——。

「それは……マノリト王は複雑でしたでしょうね」

たとえ幼くあっても、大人たちの言うことはよくわかるものだ。かしこい子どもならなおさら。

ギャレットの口ぶりでは、クルト前国王とマノリト王の関係はけしてよいものではなかったように思える。

「私は、どうしたらいいのでしょう。マノリト王をおなぐさめすればよろしいのでしょうか」

「しゃべらなくとも、俺たちの意志は伝わっている。子どもだからといって侮《あなど》った態度をとらないようにしてくれ。彼は国王だ。ベアトリス陛下も、そのことはよく気をつけている。『私はマノリト王の母親ではない』が彼女の言葉だ」

マノリト王をできるだけ早く自立させなくてはならない。あくまでイルバスの国王は、親交国の手助けをするにとどめる。

「まだ六歳なのに」

「ベアトリス陛下は、五歳になる頃にはすでにイザベラ王太后《おうたいごう》のもとを離れていた。王になるということは、そういうことだ」

王になること、王であり続けることの厳しさを誰よりも知っているのはベアトリスだ。甘やかされるということを彼女は知らない。マノリト王も知らなくてよいと思っている。

「少なくとも、優しくするのはベアトリス陛下の役目ではないと思っていらっしゃる。それでも家臣がどう思い、どう動くかはある程度裁量を任せてはくれている」

「裁量……」

「『私にはお兄さまやサミュエルがいたもの』と女王陛下はおっしゃるんだ。マノリト王にきょうだいはいない。ある意味、ベアトリス陛下より『孤独』なわけだ。それをふまえて優しくするなり突き放すなり、それぞれの役割を演じて、マノリト王の世界に言葉を取り戻したいと思っていらっしゃる」

マノリト王の護衛官、ローガン・ベルクは優しさを。

ニカヤ人の家臣、ザカライア・ダールとヨアキム・バルフは、王に対する敬意と厳しさを。

ギャレットとベアトリスは遠くから見守る寛容さを。

いつのまにか、マノリト王に対するそれぞれの接し方が確立されていた。

「イルバスの家臣は、ここではどういった立ち位置にあるのでしょうか」

「あくまでベアトリス陛下はマノリト王の後見人。ここでの呼び名はベアトリス女伯。ここにいるイルバス人の家臣は、俺とローガン・ベルク。ほかは城下で警備についているローガンの部隊や、青の陣営の軍人たちが主だな。ローガンはマノリト王の護衛官長をしている」

ということは、私はここで「アシュレイル女公爵」という呼び名ではないほうがよさそうだな……。

エスメは小さくうなずくと、口を開いた。

「では、私はなんと名乗ればよいのでしょうか」

「王の世話係のエスメ・アシュレイル――おそらく周りからはアシュレイル女史と呼ばれることになるだろう」

サミュエルの王杖がやってきたことはニカヤ王室にはもちろん伝わっているはずだが、

ニカヤ王室から公式発表はされていない。

(ピアス先生が言っていた。私はニカヤに歓迎されないかもしれないって……)

ニカヤは今、不穏な風が吹き荒れている。それでも……それだからこそ、エスメはここへやってきたのだ。

この国難を共に乗り越えることができたなら、私の世界もひらけるかもしれない。

(イルバスから出たことのない私になにができるのか、まだわからないけれど)

ニカヤを訪れるにあたり、言語や文化についての予習はもちろんのこと、サミュエルやベンジャミンに付き合ってもらいながら、エスメなりにさまざまな取り組みを考えていた。エスメの属する緑の陣営は文官や学者を中心とした構成だ。得意分野を生かして、ニカヤの発展に役立つことができれば、きっと自分は両国に認めてもらえるような存在になれる。

兄が故郷スターグで育てたハーブと同じものをニカヤで栽培できないか、エスメが故郷で作っていた『イモもどき』はニカヤの土地でなら立派なものが作れるのではないか、そして栽培が成功したあかつきにはイルバスにイモを輸出すれば――。

ベンジャミンからは「あまり期待し過ぎないように」と釘を刺されていたが、エスメには時間がない。王杖である以上、王のそばを離れていつまでもニカヤに滞在し続けるわけにはいかないのだ。ニカヤとイルバス、どちらの役にも立てずに帰るはめになったらと、焦《あせ》りの感情がうずまいている。

「これから朝議《ちょうぎ》ですよね。緊張します。ニカヤの政治家たちに正式に挨拶をするのはこれが初めてだから」

「いつもどおりにして構わない。むしろその方が、あちらも安心するだろう」

ニカヤの朝議は、玉座の間で行うしきたりである。深紅《しんく》の絨毯のはるか向こうには、金《きん》襴《らん》の玉座が鎮座している。近づいてみると、玉座には細やかな模様に沿うようにして、黒《くろ》瑪瑙《めのう》の石がちりばめられていた。邪気を払うお守りらしく、ニカヤ王宮ではいたるところで見かける宝石だ。

精巧なのは玉座だけではない。光という光を凝縮《ぎょうしゅく》させたかのような黄金のシャンデリアは、見る角度によって青や緑、黄色に輝く。

赤と金を基調とした賑やかな模様の壁は、よくよく目をこらすとぎっしりと装飾文字が並んでいる。ニカヤのなりたちと歴代の王の活躍が記してあり、王が崩御し代替わりすると壁にも新たな歴史が刻まれることとなっている。

つまり玉座の間は、これから時代を下るごとに、さらなる進化を遂《と》げるのである。

エスメがその瞳にさまざまな色をうつしとっている間に、臣下たちは集まりだしていた。

ニカヤはもとより、流民たちが寄せ集まってできた国だ。さまざまな事情で故郷を追われ、海へくりだした旅人がたどりついた国、それがニカヤである。そのため思想も人種も言語も多種多様。以前はもっと言語がばらばらだったようだが、今の宮廷ではニカヤ語で統一されていると聞いたものの……。

(思ったよりもたくさんの言葉が飛び交っている……。どれがどの言語なのかまだ聞き分けられないけれど……)

彼らの特性はひとつに決めきれないのだ。

ほとんどがイルバス人で占められているイルバス宮廷との違いに、彼女は驚いた。うさぎのように聞き耳を立てる。

これは慣れるのに時間がかかりそうだなあ……。

玉座のわきに立つベアトリスに、エスメは頭を下げる。

「ベアトリス陛下……じゃなかった、ベアトリス女伯。おはようございます」

「おはよう。よく眠れたかしら」

ベアトリスの豊かにうねる金色の髪にはきらきらと光る真珠の髪粉が散らされ、にぎやかな色合いのニカヤ式のドレスは少しもけばけばしくなく、金の装飾品はまるで最初から彼女の体にぴったりくっついていたかのようにしっくりとはまっている。

そして彼女の祖母アデールから受け継いだ、黒瑪瑙の首かざり。玉座の装飾と同じ石だ。これはかつて、アデール女王が当時のニカヤ王妃から譲られたものだという。

彼女がニカヤを支えるものだというあかしとして、ベアトリスはこれを身につけているらしい。

服装だけではない。凛《りん》と立つ姿そのものが、自信に満ちあふれている。

こうなれたらいいのに、とエスメは心の中でつぶやく。こんなことを考えるのもおそれ多いことではあるが、もしサミュエルの王杖がベアトリスのような女性であったなら、誰からも文句など出ようがなかったのではないか。

(い、いけない。そのためのニカヤ訪問!)

エスメはきりっと表情を引きしめた。落ちこんでいる暇《ひま》などないのだ。

ベアトリスはエスメの百面相を不思議そうにながめてから、口を開いた。

「私の選んだ衣装、よく似合っているわ。エスメ」

「ありがとうございます」

「ニカヤ王宮での装いは、イルバスよりも比較的自由なの。自分に合ったものを選ぶといいわ。はじめはどんなものがいいのかわからないだろうから、少しおせっかいをしてしまったけれど」

「私ひとりじゃどうしたら失礼な格好にならないか途方に暮れてしまったと思うので、女伯のご親切にとても助けられました」

ベアトリスのそばには、ふたりのニカヤ人が控えている。

「おはよう。私はイルバス語が得意だ。通訳なら任せてくれ」

右手を差し出したのは、赤の陣営のひとり、ザカライア・ダール。ニカヤ人であるが、祖母がイルバス人とあって、その特徴は故郷を思わせる。青くつり上がった瞳と高い頰骨。どこかで見覚えのあるようなその姿は、イルバス人によくある風貌を受け継いだからであろう。

彼は文官長をしていて、ベアトリスの書記としても働いている。

「その得物《えもの》なんだがね」

ぬっと横から顔を出したのは、岩のような大男。ヨアキム・バルフだ。

エスメが腰に下げたレイピアを、太い人さし指で示している。

「珍しい。どうやって使うんだ。俺はそういった細身の剣は扱ったことはない。イルバスでは一般的な武器なのか？」

レイピアをしげしげとながめるヨアキムに、彼女は肩をすくめてみせる。

「これはイルバスでも骨董品《こっとうひん》みたいなものですよ。戦場で相手が鎧《よろい》を身につけていたらレイピアで太刀《たち》打ちはできません。ただの飾りのようなものです。それでも、いざとなれば武器として使うことはできます。練習はしているんですけど」

「練習ならば付き合うぞ！　俺に言え！　後で鍛錬場で落ち合おう」

「いや、アシュレイル女史は今日は私とマノリト王の付き添いをしてもらう予定で――」

「細かいことを言うなザカライア。付き添いはローガンがいるだろう」

やいのやいのと言い合うふたりだが、早口のニカヤ語で展開されるのでほんのわずかな単語しか拾えない。困ったようにギャレットを見上げると、彼は静かに解説してくれた。

「君が取り合われている」

「えっ」

「サミュエル陛下には内緒にしておけ」

「なぜですか？　サミュエル陛下も、私がニカヤでなじめるか心配してくださっていると思うのですが！」

「なるほど、すごいわね」

くすくすと笑みを漏《も》らすベアトリス。

「虫除《むしよ》けをつけるだけあるわ」

ベアトリスはもてあそぶようにしてエスメのリボンをいじり、それから居住まいを正す。

彼女の前に立ったのは背の高い瘦《や》せぎすの男だった。神経質そうに、頰の筋肉をぴくりと引きつらせている。

「おはようございます、ベアトリス陛下」

「ここでは陛下とは呼ばないでとお願いしたわね、アテマ大臣」

アテマと呼ばれた男は、不遜《ふそん》な笑みを漏らす。

「いやはや、イルバスの女王陛下を女伯などとお呼びするわけには」

「私はマノリト王の後見人です。マノリト王は私に女伯の称号を与えられました」

「まだしっかり話していた頃はね。それにあのときとて、王はたったの五歳」

含みを持たせたその物言いに、エスメが口を挟もうとする。そばにいたギャレットが、あわててそれを制した。

「まだ君は挨拶が済んでいないだろう。おとなしくしていろ」

「挨拶どころじゃ……」

ふたりをよそに、ベアトリスは余裕の笑みだ。

「そうね。あのときのマノリト王はまだ五つでした。これからが楽しみではありませんこと？　彼がどんな青年になるのか……。王の成長を、私たちふたりともがおおいに期待しているということでよろしいわね、アテマ大臣」

ベアトリスはつんと顎《あご》を持ち上げた。

アテマは眉を寄せる。

「──もちろん」

「さあ、お待ちかねの王がいらっしゃるわね」

玉座の間に居並ぶ家臣たちが背筋を伸ばす。王の登場を告げる喇叭《ラッパ》の音は、彼らのおしゃべりをさえぎった。

扉が開く。重そうなマントを羽織った少年王が、するりと中へ入ってきた。

護衛官のローガンを引き連れ、彼は静かに玉座へ向かってゆく。まるで操り人形のように。

（あれが、マノリト国王陛下……）

小さい。宝石をちりばめた王冠は彼のために小ぶりなものに作り替えられたそうだが、それでも大き過ぎるほどで、少しでもずり落ちたら目のあたりまで隠れてしまいそうだった。背にへばりつくようなマントも床に引きずられている。

再来月誕生日をむかえて、ようやく七歳のマノリト王。

彼が玉座におさまるのを合図に、家臣たちは腰を折った。

「陛下、おはようございます」

さっそく口を開いたのはアテマである。マノリト王は視線ひとつ動かさない。

「本日、陛下からのお言葉は。いかがなさいますか」

ベアトリスが声をかけるが、マノリト王は貝のように口を閉ざしたままである。

「ご気分はいかがでしょう」

なにも答えない。

ベアトリスは慣れたもののようだった。残念そうに眉を下げると、ザカライアへ視線をよこす。

「……それでは、私たちから陛下へご報告がございます」

ザカライアは手元の書類を大事そうにめくり上げた。

「再来月の、マノリト陛下の誕生日の式典でございますが――」

　エスメは必死で頭の中の辞書をめくり始める。

　どうやらマノリト王のお誕生日祝いについて話しているみたいだけれど――。

（ニカヤの国王のお誕生日って、どういった催しをするんだろう。イルバスでは三人の王の特色で、ばらばらだけれど……）

　イルバスでは王が三人いるので、各王が統治する地域でそれぞれ生誕祝いの祭典が異なっている。アルバートは誰でも観戦可能な慈善試合を行い、ベアトリスはリルベクの街々を飾りつけ宴《うたげ》を催し、サミュエルは豊作を願った演劇をする。

　ニカヤでは大規模な式典を行い、国をあげてのパレードや演劇はもちろんのこと、あちこちの屋敷や広場で大量のワインの樽《たる》や果物の籠《かご》をうずたかく積み上げ、港では特大の鯨をさばいて人々に振る舞う。そして式典は王の挨拶に始まり、王の挨拶で締めくくるのがお決まりとなっている。

（ご挨拶……マノリト王にできるのだろうか……）

　それがここに集まる家臣たちの、何よりの悩みの種であった。

「露台からお顔だけでも……民《たみ》へ見せていただくことは……」

　マノリトはぼんやりとしている。

　はいでもいいえでもない。家臣たちはまたか、といった具合に目を伏せる。はらはらしているのはエスメだけらしい。

「式典まではまだ時間があります。改めておたずねいたしますね。……それから、紹介したい者がございます」

ベアトリスの言葉に、エスメは背筋を伸ばした。

「イルバスより、家臣がひとり参りました。我が弟サミュエルの王杖……一の側近である、エスメ・アシュレイルでございます。しばらくニカヤで学びたいと……彼女には陛下の世話係を任せたいと思っております」

よろしいでしょうか、などとは言わない。この報告についてマノリトが承諾も拒絶も示さないということを、ベアトリスはわかっているのだ。

エスメはおそるおそる口を開いた。

「ご紹介にあずかりました、エスメ・アシュレイルと申します。ふつつか者ではありますが、マノリト陛下のお役に立ちたいと存じます。そして、ニカヤでは多くのことを学ばせていただきたいと思っております。どうかみなさまご指導を――」

マノリト王はこちらを見ない。家臣たちは、うろんそうな目でエスメを見ている。

「……よろしくお願いします」

エスメは一礼しながら、今後自分がどうふるまっていけばいいのか、頭を悩ませていた。

＊

サミュエル陛下

おはようございます。これを書いているのは朝。ニカヤの朝はとてもまぶしいです。私はちょっと日焼けをしました。すぐに元に戻るだろうとベアトリス陛下はおっしゃっていましたが、ひりひりと痛くて、なんだか不思議な感じです。

ニカヤの天気はめまぐるしく変わります。お日さまが出ているので油断しているとすぐに分厚い雲がかかって、大雨が降りだします。それでもニカヤの人はへっちゃらで、慌てたりなんてしません。女官たちは空気の変化で雨が降るかどうかわかるらしく、彼女たちが窓を閉めたり植木鉢を室内へ移動させたりすると、たちまち雨が降ってくることもしばしばです。

今のニカヤは雨季で、しばらくの間はこういったことが続くそうです。曇りや雪ばかりのイルバスに比べると、なんだか信じがたい光景ですよね。

マノリト王のお世話係になって五日目。お世話係といっても、することなんてほぼありません。マノリト王はベッドの中で本を読んでいることが多いし、日常のこまごまとしたお世話は女官たちがするんです。

一生懸命マノリト王にニカヤ語で話しかけるんですけど、こちらを見てくれることもありません。

ベアトリス陛下には、お言葉をいただきました。マノリト王のために、あなたができることをしてと。しかし、なかなかうまくいきません。

イルバスから持参したハーブの苗はすぐに枯れてしまうし、ザカライアさんに許可をいただいて王宮のお庭でイモを育ててみることにしたのですが、日差しが強過ぎて、タネイモはみるみる元気をなくしていきました。

地質が異なるニカヤでなら、もしかしたら成功するかと思ったのですが……。

私にできることって、いったいなんなんでしょう。引きこもり……と言ったらマノリト王に失礼ですけど、兄のクリスも引きこもりでした。でも兄と入れ替わっていたときのように、私が代わりにお誕生日の式典に出るわけには、さすがにいかないですしね。

私とローガンはなんとかマノリト王を外へ連れ出そうとします。

お外に出ましょう、お願いですから、とローガンが何度か声をかけると、マノリト王は本を閉じて立ち上がります。本は大人が読むような、なにやら難しい歴史書のようです。後からザカライアさんが訳してくださいましたが、私でも読むのに時間がかかりそうなものばかりでした。ここにクリスがいればなあ。ところで、クリスは元気でしょうか。まさか私の代わりに舞踏会に出たりなんてしていないですよね。あ、これは冗談です。本当にクリスにドレスを着せないでくださいね。

とにかく、マノリト王はいつも顔色も悪くて、心配になります。

マノリト王はかたくなに外に出ようとしないわけではありません。お願いすればついてきてくれるのですが、これではどちらが主人かわかりません。

今日はヨアキムさんと鍛錬をしました。すぐに負けてしまって、しかも何度やっても結果は同じなんです。男の人と戦うのは、やっぱり難しいのかもしれないと自信喪失気味です。

そう！　ローガンとピアス公爵と、明日は町の視察に行く予定なんです。そこで得た情報をマノリト王に教えて差し上げるのが私のお仕事のひとつでもあります。

雨が降らないとよいのですが。

もうすぐ出かけなくちゃ。今日はこのあたりで。


「登場人物が男ばかりなんだが」

サミュエルはぽいと手紙を放り投げた。だがしばらくして、思い直したようにそれを拾い上げる。

「姉さま、ちゃんと見ていてくれているんだろうな。これだからあいつひとりで行かせるのは不安だったんだ」

うろうろと歩き回るサミュエルに、ベンジャミンは笑ってみせる。

「その落ち着きのない様子、兄君にそっくりですが」

サミュエルはぴたりと足を止め、気に入らないとばかりに顔をしかめた。

「僕を兄さまと一緒にしないでもらいたい」

アルバートは不機嫌になると、椅子にじっと座っていることができなくなる。あちこち歩き回っては物や家臣を蹴り飛ばし、周囲を蒼白にさせている。動じないのは彼の妹弟と、王杖のウィルくらいのものだ。

「マノリト王はなぜしゃべらないんだ」

「父王が崩御し、ベアトリス陛下がニカヤにやってきてから徐々に……言葉というものを失っていったようです」

「まだ六つだろう。そのうち回復するんじゃないのか」

「このまま回復しなかった場合が厄介です。ベアトリス陛下の責任も問われるでしょう。特にニカヤは最近まで侵略の脅威《きょうい》に晒《さら》されていました。王の精神状態が不安定では他国につけいる隙《すき》を与えてしまいます」

こういうとき、王がひとりしかいないというのは不便なものである。

共同統治ならば誰かが倒れても他の王がそれを補うことができる。その後に権限を取り戻すのは大変なことだが、みずから王冠を返上しないかぎりは玉座から一方的に追われることはない。

「つけいる隙、か。またカスティアが攻めてくるというのか」

「大砲を撃《う》つことだけがやり方ではない」

「というと？」

「ギャレットは危惧《きぐ》しています。ニカヤ国内にはびこる、不穏な動きを察知している。彼の役目は女王を守ること。本当は女王を連れてイルバスに帰国したいはずだ」

ベンジャミンの手には、ギャレットからの手紙。

現在のニカヤ政府に対する、クーデターの兆《きざ》しあり――。

「どういうことだ」

サミュエルは手紙を取り上げる。

「これを知っていたらエスメを行かせなかった」

「気持ちはわかりますが」

「なにを落ち着き払っている。あいつがクーデターに巻きこまれるかもしれないんだぞ」

「サミュエル陛下。彼女は王杖です。王杖であるかぎり、こういった問題とは無関係ではいられないのです。平和で穏やかな治世を何十年と維持できる王はまれなのですから」

ベンジャミンは厳しい口調になった。

「試練は彼女を強くします。彼女はイルバスのために生きる覚悟を決めて、旅立った。送り出す方も覚悟をするほかありません。その上で陛下はなにもないことを祈るか、なにかあっても彼女なら乗り越えることを信じるか。どちらかなのです」

「……」

サミュエルは苛立《いらだ》ちをまぎらわせるように、花瓶に生けられた薔薇の花に触れる。そして顔をしかめた。

「誰だ、この花を切ってきたのは。弱り切っているじゃないか」

汚くしおれ、下を向いた薔薇は見るも無惨である。花は咲いているときは美しいが、散り際《ぎわ》は残酷なほどにみすぼらしい。

サミュエルの指から赤い粒のような血が、じわりと浮かび上がる。棘《とげ》が傷をつけたのだ。

(なんと不吉な)

ベンジャミンは、ハンカチでサミュエルの人さし指をくるんだ。

「新入りの使用人のようです、後で注意をしておきましょう」

「まったく、エスメがいれば……」

自分の執務室へ薔薇を届けさせるのは、エスメに与えた役割であった。彼女が選び取るのはいつもみずみずしく、そしてサミュエルの気分にそぐう色をした薔薇の花だけ。

――調子がくるう。

「ニカヤのクーデターの兆しとやらが、なにごともなく沈静化すればいいが」

常春の国、ニカヤ。

かつて祖母アデールはその地で学び、春の詩を持ち帰ったという。

いったいいつから、彼《か》の国を包みこむ春が、不吉なものとなったのか。

熱を持った指先を、サミュエルは左手で押さえた。

＊

イルバスの軍人が闊歩する通りを、少女は用心深く歩いている。

市場は軍人だらけだ。金銀のアクセサリーをぶらさげる屋台をのぞきこむのも、ゴマをたっぷりとふりかけた大ぶりのパンを注文するのも、ヤギの革を使った靴をあつらえるのも、すべてイルバスの軍人やその家族たち。

ここ一年。ニカヤの中心地、王都バハールでは、驚くほどにイルバス人が増えた。イルバスの女王・ベアトリスがニカヤ王宮に入ってからのことである。

ごみごみとした通りを肩で風を切り歩く彼らは、まるでここは我が国といわんばかりだ。

目の前では大柄な軍人が、下手《へた》くそなニカヤ語でなにやら果物をねぎっている。洗濯物を籠《かご》一杯に抱《かか》えた彼女は、その横を抜けようとし、歩いてきたべつの軍人とぶつかった。

「おい、気をつけろ」

彼女は無視をする。

イルバス人に、謝罪なんかしてやるものか。

ここはニカヤなんだ。ニカヤはずっとイルバスを助けてきた。ずっと昔、アデール女王がこの国にやってきたときも。六十年前の戦争のときも。この間だって、寒波に遭《あ》ったイルバス人のために鯨の肉を贈ってやったと聞く。

（ふざけないでよ。鯨肉《くじらにく》があればうちのお母さんにどれほど精をつけられるか……）

クルト王の治世がよかったとは、お世辞にも言えなかった。誰か頼りになる側近が王の目を覚まさせてくれればと、誰しもが願っていた。

しかしこんな結果を、望んではいなかった。

むかむかとする心をおさえて、彼女は進む。水を吸った洗濯物は、重たくって仕方がない。腕がちぎれそうで、悪態をつく。でも仕方がない。イルバス軍が駐留地を広げるからと家を追われて、川の近くに住めなくなったから。

洗濯をして、飲み水を運ぶだけで、一日のほとんどが終わってしまう。

まとわりつくような熱風が吹いて、思わず舌打ちをした。

「シーラ」

裏路地に入ると、少年が手をあげる。

「危ないじゃないか、さっきの、イルバスの軍人だろう」

「わざとぶつかってやったのよ」

見ていたのか、めざといやつ。

洗濯物の籠から、紙幣のたっぷり挟まった財布を引っ張り出す。

これだけ持っているのに、さらにねぎろうとするんだから。イルバス人ってせこい。

少年は顔色を変えて、早くしまえ、と財布の上から洗濯物をかぶせた。

「お前ってやつは。これくらい、俺が鯨を捕れるようになったら……」

「いったいいつになることやら。まずは船を買わないとだめでしょう。そんなお金あるの？　あんたってまだ下積みの下積みじゃないの」

「それは……」

少年は口をもごもごさせる。

彼の名はヤン。同じ街で育った。漁師になるのが夢である。鯨漁師はニカヤ国の男たちの憧《あこが》れの職業だ。四方を海に囲まれたこの国で、漁師に憧れない男は、よっぽどの変わり者である。大海原に飛び出して、大きな獲物《えもの》を携《たずさ》えて、またこの春の国に戻るのだ。

そしてなんといっても実入りのよさが魅力である。捕鯨組合の会長ヨナスは、王宮の次に立派だと言われる邸宅に住んでいる。ただし、鯨漁に耐えられるほどの船は家十軒を買うよりもずっと高い。どこかの親方に弟子入りして、鯨をたくさん捕って、何年もお金をためて、ようやく手に入るかどうか。

船を持っているような金持ちの漁師の息子は、たいていが父の跡を継ぐ。親が漁師であれば、わざわざ親方を探す必要もなく、いずれ船を継げるのも約束されているからだ。ヤンの親は漁師ではない。貧乏な荷運びである。

つまりは、こんな掃きだめの子どもが、簡単につける職業ではないということだ。

「確かに俺は、港でせりの手伝いとか、掃除とかしてるだけで……船に乗せてもらったことはないけど……でも、お前だってずっとスリってわけにもいかないだろう」

「まあね」

わかっている。家には病気の母親もいる。父がこの間の流行病《はやりやまい》で亡くなってから、シーラはスリに身をやつすほかなかった。家事をしていたら働く時間もない。薬代を工面《くめん》することができないのだ。国の支援はいつになったら届くのか、まったくもってわからない状態だった。

「そのうちどうにかなるわよ」

口ではそう言っても、本心はまるで違っていた。スリなんて続けていたらどうにかなるどころか、そのうち捕まるだろう。いつまでもこんなことをしてはいられない。

なおも言いつのるヤンをさえぎるようにして、シーラは話題を変えた。

「なんだかよりいっそう、イルバス人が増えたように思えるのだけれど」

「数日前、イルバスの船が着いたんだよ。港はこのうわさで持ち切りだ。ベアトリス女伯の弟……国王のひとり、サミュエルの側近が、王宮入りするんだそうだ」

現在のニカヤは、イルバスの支えあって国のかたちを保てている。まだ幼いマノリト王をベアトリス女伯が支え、イルバスから連れてきた家臣を要職に配置した。

そして、発言力を持つ国民の代表たちにまず手を差し伸べた。

彼らに支援され、ベアトリスはその立場を確固たるものにした。

彼女は、まるでニカヤの女王だ。

「ベアトリス女伯のニカヤ入りは、兄と弟に対抗するためだって話なんじゃなかった？　弟までこの国に目をつけたってことなの？」

「さあな、難しいことはわからねえよ」

ヤンはバカである。海に出て、ひとあばれして、鯨を持ち帰れば世の中のすべての問題は解決すると思っている。漁師見習いとして乗船さえできていないくせに。

そのとき、シーラの手から、洗濯物が取り上げられた。

濡れた肌着が地面に落ち、砂埃《すなぼこり》を上げる。砂まみれになったそれを踏みつけ、見知らぬ男が自分を見下ろしている。

彼の手には、革製の財布が。

彼女は目を白黒させた。そのかたわらでヤンが驚いたように口を開けている。

「お嬢さん、いたずらが過ぎるようですね」

シーラはおそるおそる、男の顔を見た。イルバス人だ。すぐにわかった。ただしぶつかった軍人ではない。細面《ほそおもて》で、ほんのりと酒の臭いがする。

「先ほどから見ていましたよ。窃盗はよくない。子どもといえど、罪は罪」

「なんのこと？　返して、私の財布よ」

しらばっくれたが、男は余裕の笑みを浮かべ、シーラの手首をつかんだ。

「窃盗は罪深いことだが、あなたは悪くない」

「なにを……」

「やむにやまれず、というところでしょう。あなたは善良な目をしている」

男は濃く出した紅茶色の髪に、薄い茶色の瞳をしていた。頬はこけ、声もかすれている。

「あなたのような少女がこんなまねをしなくてはならない。それがこのニカヤという国の、もっとも恐ろしい罪なのだ。イルバスをただ受け入れてしまったこの国のね」

「あなた、イルバス人なんでしょう」

「そう、私はイルバス人だ。だからこそ、イルバス人が間違ったことをするのは許せない。国の恥だと思っている」

口調は丁寧《ていねい》だったが、どこか台詞《せりふ》じみていた。覚えたてのニカヤ語だからだろうか。なにかに追い立てられるように、彼は言葉を発しているように見える。

男の目はぎらついている。シーラは後ずさりをした。

「おい、おっさん。シーラから手を放せ……」

「君も来るといい。鯨漁師よりもよほど英雄になれる。私は君たちの味方だ」

「あなた、何なの」

シーラは男の手を振りほどいた。男は財布をシーラに投げる。彼女はそれを受け取り、けげんな顔で男を見た。

「私はギネス。この国に革命をもたらす者だ。――マノリト王を、ニカヤ人の手に取り戻すのだ」

遠くで雷の音がする。

夕立が来るのだ。

雷鳴に耳を澄ませながら、シーラはギネスの瞳から、目を離すことができずにいた。

＊

王宮のほど近く、以前は王族たちの美術品収蔵のために使われていたその邸宅が、ベアトリスたちの住まいである。

「困ったことだわね」

ベアトリスは頬杖をついている。大きな日傘のついたテーブルには、果物をたっぷりと載《の》せたケーキ、糖蜜で浸《ひた》した焼き菓子に、青い花から抽出した、目の覚めるような色の茶が並んでいた。

テーブルについているのはベアトリス、ギャレット、エスメ。ザカライアとヨアキムは、中座したり戻ったりを繰り返している。ひっきりなしに部下たちが彼らをたずねてくるのだ。慣れっこなのか、ベアトリスはそれに対して注意することもない。

（サミュエル陛下だったら、落ち着かないって怒りそうだな……）

エスメはおそるおそる青いお茶に口をつけた。さっぱりとした味で、砂糖を入れていないのに、ほんのりと甘みがあった。

「困った、というのはマノリト王のことですよね……」

「それもあるけれど」

彼女は新緑の瞳に、思案の色を浮かべる。

「マノリト王が姿を見せないので、市民の間ではどんどん不安が広がっているようなの」

女王ベアトリスがやってきて、ほどなくしてマノリトはしゃべることができなくなった。マノリト王を心配する声は日に日に大きくなってゆく。そして、マノリトの不調はベアトリスの「悪影響」によるものなのではないかと指摘する意見もある。

「そんな」

「どれだけ心を尽くして説明しても、人々は見たいものしか見ようとしない。あなたもそうだったでしょう、エスメ」

エスメは押し黙った。サミュエルの王杖として、やるだけのことをやろうとした。しかし古くからの家臣たちは「なぜ女が」「まだ若い」「頼りない」と、口々に声をあげた。エスメがこれから功績を上げ、わずかな瑕疵《かし》もないような政治を執り行い、誰にも文句を言わせないほどの成果を見せなければ、彼らはおいそれと納得はしないだろう。たとえそれができたとして、再びなにかに蹴躓《けつまず》けばそれ見たことかとなる。

「あの……ニカヤの王は、そう頻繁《ひんぱん》に国民の前に姿を現すものなんでしょうか」

マノリト王が言葉を発しなくなったのは、ここ数カ月のことだという。少しの間なら、国民には彼の病を隠し通すことができるのではないか。

「ああ……ニカヤの議会について、説明してあげて」

ギャレットはうなずいた。

「ニカヤ国の議会は、国民との対話に重きが置かれている。国民議会と呼ばれ、ニカヤの伝統的な国の運営方法だ。国民との対話を増やすという考えはアデール女王がニカヤで学び我が国に持ち帰ったもののひとつではあるが、イルバスとはずいぶんとやり方が異なっている」

王都バハールにそびえる、かつては闘技場として使われていた議事堂。そこに国民の代表たちが集まり、王や大臣たちと直接激論を交わし合う。

言葉と言葉の戦い。そこには身分も言語の隔《へだ》たりもない。己の魂をかけて、彼らは政府へ訴える。

その場には王の臨席が必須であり、たとえ直接意見をやりとりしなくとも、議会を見守るのは王その人である。以前はマノリト王も議会が始まる前に簡単な挨拶を行っていた。そして議会が終わるまで、じっと民の声に耳をかたむけていたのだという。

たった五つで。普通の五歳児ならばおとなしく座っていることすら難しいというのに。

エスメは感嘆のため息を漏らした。

「イルバスは、地方の領主や監査官の様子を直接王がたずねることはありますが、労働者階級の者たちと言葉を交わすことはまれですよね」

例外として、ベアトリスは工業都市リルベクの統治を任されていたため、職人たちとは密接にかかわっていた。だが軍人を率いるアルバート、貴族の文官たちを抱えるサミュエルは、あまりこういった機会を持とうとはしていなかった。

「そこは役割分担だろうな。ベアトリス陛下が市井《しせい》に目を向けているので、それ以外に目を光らせるのはほかの王の役割だ」

王が三人いるならば、全員が同じ方向を向いていては効率が悪い。

「ニカヤの国民議会って、しょっちゅう行われているんですか」

「通常ならば、ふた月に一度は開かれる決まりだ」

　六十年前、アデール女王と同盟を組んだ国王マランは、この議会が好きで、率先して国民たちとやり合ったのだとか。その激しさは息を呑むほどで、国民たちの政治への関心も高かった。

「クルト前国王はこの議会をお好きでなかったみたい。ふた月に一度の議会は三月《みつき》に一度になり、半年に一度、ついには一年に一度……」

「それで……国民は不信をつのらせたということですか？」

　対話の機会を持とうとしない王。体調不良などやむをえない理由があっても、それまで頻繁に国民議会が行われていたならば、徐々に人々の不信の種は育っていくだろう。

　国民議会では国民の不満や失望が王に直接伝わってくる。クルト王は議会が開かれるたびに体調を崩し、寝込むようになっていたという。

　もし同じような制度をイルバスに導入したとしたら、王の中で、もっとも向いているのはベアトリスだろうか。アルバートもサミュエルも、感情的になり過ぎるきらいがある。

　もっとも、マラン王は『炎帝』と呼ばれるほど激情型で、彼のするどい言葉のひとつひとつが人々を惹《ひ》きつけてやまなかったというのだから、そつなくこなす王よりは、強く印象に残る王の方が好まれるのかもしれない。

「なんだか剣をまじえての勝負のようで、緊張しますね」

「そうね。もともと、胆力と信念がないとできないことなのよ。言葉ひとつ間違えば、王家への信用は地に落ちる」

エスメは難しい顔になった。

「議会を開かなくても人気がなくなってしまうし、議会で上手に受け答えできなくても人気がなくなってしまうし……逃げ場がなくてかなり厳しいですね」

「議会をうまく使って人気を得る王もいるわ。名君と名高いマラン王はその人柄で信頼を得てきた。議会で嵐を巻き起こしたと伝説になっているけれど、ときに激しくときに優しく、そのあたりの加減が上手だったのではないかしら」

この王になら、国を任せても安心できる。そう思ったからこそ、国民の気持ちはひとつになった。春を統《す》べるにふさわしい王であるかを、彼らはみずからの目で確認できたのだ。

「でも、王はひとりしかいないのだから、人気がなくなっても、結局その王が統治し続けるんですよね？」

「王が……残念ながら無能だと言われた場合、その誹《そし》りは側近たちに向くのよ」

ザカライアとヨアキムは複雑そうにしている。

「我らはクルト王と親友同士だった。クルト王本人から、よく言われたよ。私に気兼ねして、そばにいることはないと。お前たちの評価が下がると」

「そんな」

誰にだって、調子がよいときとそうでないときはある。どんなときでも変わらず支えるのが臣下というものではないのか。

　ヨアキムは当時のことを思い出しているのか、険しい顔になる。

「議会でも俺たちの罷免《ひめん》を要求するという話は、時折出ていたよ。事実、俺たちがいつまでクルト王のそばにいられるか、わからない状態だったんだ。王の最晩年にはすぐにでも更迭《こうてつ》されてもおかしくなかったからな」

「そうなんですか？」

　ザカライアはやるせなさそうに言った。

「王を替えることはできないが、王の周囲の人間は替えることができる。環境が変われば王も変わってくださるのではないか、という希望のようなものです。王の目が……おそれ多くも曇っているというのなら、その『曇り』の原因は家臣にあり、王自身にはないという考え方です。国民たちは家臣の罷免を求めて争うこともあります」

　エスメは眉間《みけん》に寄った皺《しわ》を指でほぐした。いけない。ここに線が入ると、サミュエル陛下は不機嫌になる。癖がつかないようにしておかないと。

「その……まだ六つのマノリト王に国民議会は荷が重いのではないでしょうか」

　ようやく物心がついたばかりの年齢の王だ。家臣の入れ替えなどがしょっちゅう行われては大変なことである。

「もちろんよ。なので今はそれぞれの派閥が、偏《かたよ》らないよう分担して国民議会を回しているの。私の陣営からはザカライアとヨアキムが表立って議会に出ているわ。それとは別に、出番が多いのはマノリト王子擁立《ようりつ》派であったアテマ大臣ね」

「マノリト王子擁立派？」

ギャレットがすかさず付け加える。

「以前はクルト王派と、マノリト王子派のふたつに派閥が分かれていたんだ」

エスメはけげんな顔をする。

「派閥って……ニカヤでは王はひとりしかいないのですよね？」

エスメの純粋な質問に、ニカヤ人の家臣たちは面食らったらしい。彼女にとって派閥というのは「どの王につくか」ということである。

「イルバス人らしい考え方ですね」

ザカライアが感心したようにうなる。

「そうね。イルバスで派閥といえば、どの王に属するか、ということよね。特に若い世代は、イルバスの王がひとりだったときを知らないから」

ベアトリスはくすくすと笑っている。

「ザカライア。このあたりはあなたの方が詳しいでしょう」

ザカライアは咳払《せきばら》いをした。流暢《りゅうちょう》なイルバス語で、続きを話す。

「僭越《せんえつ》ながら。クルト王は病弱でいらっしゃり、国民議会を苦手としておりました。その後マノリト王子がお生まれになり、将来を期待されていたことはアシュレイル女史もご存じであるかと思います」

「はい、パルヴィア伯からうかがいました。それにピアス先生からも……」

「疫病や震災が続いたにもかかわらず国民議会の回数が少なくなり、ひとびとの不満は蓄積されていきました。そこで、クルト王には早いですが王冠を次世代に明け渡して療養に専念していただき、マノリト王子を新王として即位させてはどうかという案が浮上したのです。これを推し進めようとしたのがディルク・アテマという男で、彼はマノリト王の母方の伯父《おじ》にあたり、現在はニカヤの教育機関の長をつとめています」

このアテマという男がくせ者のようで、ニカヤは彼を中心とするマノリト王子擁立派か、ザカライアたちが身を置いていたクルト王統治継続派で割れかけた。結果クルト王が崩御したため、派閥はなくなったかのように見えたが……。

「アテマ、って朝議のときにベアトリス女伯に突っかかってきた……」

ベアトリスに嫌みを言っていた、あの男か。

「マノリト王の母君、ヘラルダ王太后の兄だ。アテマ大臣には気をつけろ。イルバス人の家臣のことをよく思っていない」

ローガンをマノリトの護衛につけると言ったとき、彼は面と向かってベアトリスを糾弾《きゅうだん》した。王のすぐそばにイルバス人を置いて、イルバス流の考え方にマノリトを染め上げ、将来的には傀儡《かいらい》にするつもりではないかと。

「ローガンを置いたのは、マノリト王の安全のためよ」

ベアトリスは眉を寄せている。

「傀儡にしようとしているのはどちらなのかしら。私は国に帰ってもリルベクがある。お兄さまがいて、サミュエルがいて、そして私の王座はある。けれどマノリト王がもし、父王の時代から脱却してニカヤを改革しようとしたら？　彼らには政治家としての出番がなくなるかもしれない」

「マノリト王ご成長の折には、クルト王に仕えていた家臣を一新するような改革をなさる可能性があるということですか」

「国民の歓心を買うには手っ取り早い手段だからな。たとえ伯父でも更迭されることはあるだろう」

クルト王の施政は、けしてよいものではなかった。国民にとってそのときの記憶はなかなか消えることはないだろう。当時の家臣が変わらずにマノリト王のそばにいることは不安要素のひとつである。

ヨアキムはうなずいた。

「俺もよくあてこすられる。もしマノリト王から王宮を去るように命じられたとしても、お前たちにはイルバスでの要職が待っているだろう。のんきでいいものだと」

ニカヤ人でありながら、ベアトリス女王の臣下となったヨアキムやザカライアのことを、気に入らないと思う者は多い。特にベアトリスに取り入ろうとして、陣営入りを断られたニカヤ人などは。逆恨みというやつである。

「赤の陣営は、誰でも歓迎というわけにはいかないわ。私たちのニカヤ滞在はあくまで一時的なこと。彼がひとりで国民議会に出られるようになるまで——成人するまでのわずかな間であっても、ニカヤとイルバス、両国のために働ける人でないとね」

　ニカヤの成人は十五歳。あと十年近くは、ベアトリスはニカヤとイルバスを行き来する生活が続くのかもしれない。

「そのときになったら、ベアトリス女伯はイルバスにお戻りになるのでしょうか」

「そうね。リルベクは大切だから余生はあちらで過ごしたいと思っているけれど、そのうち王と呼ばれるのは私の娘か息子になるかもしれないわね。王が多い分、そうそうに代替わりするのはイルバスの伝統ですから」

　ギャレットが気まずそうにカップを指でつついている。どうやらその予定はまだないらしい。

「お兄さまはきっと世継ぎができても隠居なんてせず、裏から子どもたちを操ろうとするのでしょうけれど。私は次世代になれば、よほどのことがないかぎり口出しをするつもりはないわ。ギャレットと発明三昧《ざんまい》の奇想天外な楽しい老後を過ごすつもりよ」

ギャレットは頬をひくひくさせて「楽しみですね……」と消え入りそうな声で答えた。

ベアトリスと共に過ごせるのはうれしいのだろうが、この女王が廃墟の塔の中でおとなしく本を読んでいるだけで済むとは思えない。彼はあちこち引っ張り回されるはずである。

「話がそれたな」

ギャレットはきまじめな顔で言った。

「俺たちは、マノリト王を成長させ、議会で矢面《やおもて》に立てるような大人に育てる義務がある。半端な気持ちでニカヤへ入ったわけではないということを、その手腕をもって証明しなくてはならない」

「はい」

「ベアトリス女王がニカヤを乗っ取るつもりであるという、根も葉もない噂が流れている。言いがかりをつけられるのはやりづらくて敵《かな》わない」

「ニカヤ人の俺たちとしても心外だからな」

普段から明るく楽観的だというヨアキムも、憮然《ぶぜん》とした表情だ。

「この噂を流し、陰謀を張りめぐらせている人物――おそらくアテマ大臣なのでしょうが、王宮の中だけでなく、市民にまで不信感を持たれるのはまずいことだわ。ニカヤの未来と、私とギャレットの穏やかな老後のためにもね。エスメ」

「はい」

「私たちは、噂の出所を確かめて火消しにかかろうと思うの。その間、マノリト王の周囲が手薄になる。あなたはローガン・ベルクについて、マノリト王を引き続き守ってちょうだい」

「でも、私は護衛の役割で大丈夫なのでしょうか。アテマ大臣は、あんまりよく思ってなさそうなのに……」

　マノリト王の護衛に、さらにイルバス人が加わったものだから、アテマはさんざん抗議を申し立ててきた。しかし、王の世話係の女官たちはアテマの手配した者たちである。

「女官の人数は数十人を超えているのよ。アテマ大臣に増員について文句を言われる筋合いはないわ。せっかくこちらへ来たのに、なにもかも教えて差し上げるというわけにはいかなくて申し訳ないのだけれど」

「いいえ、ベアトリス陛下のお手を煩《わずら》わせるわけにはいきません。学ぶべきことは自分で学びます。でも、国民議会は一度見てみたいのですが、機会をいただいてもよろしいでしょうか」

「あなたからそう言いだしてくれてうれしいわ。議会はいい刺激になる。あなたが国民議会で何を感じ取り、何を得られるかが重要よ。それから、イルバスから持ちこんだものは、残念ながらあまりうまくいかなかったようね？」

「……ハーブもイモの苗も枯れてしまいました。生産が軌道に乗ればやってみたいことはたくさんあったのに……」

絵空事どまりとなった計画書を、捨ててしまおうか迷っている。期待し過ぎてはならないと自らに言い聞かせてはいたものの、落胆は隠せない。

「お役に立てなくて申し訳ありません」

ベアトリスは髪をかき上げる。

「何に関してもそうなのだけれど。あなた、これまでのやり方が順当にうまくいったことはあった？」

「……あの……」

エスメは思い出してみる。サミュエルと出会う前の自分を。飲んだくれの父親と引きこもりの兄に挟まれ、貧乏暮らしに耐えながら、がむしゃらに土いじりばかりしていた。

あのときは、なにをしても報われない閉塞感に、息が詰まりそうだった。

「あなたの故郷のスタークでハーブの生産が軌道に乗ったのは、それを使って長年あなたの髪を手入れし続けたお兄さまのクリス・アシュレイル卿《きょう》のたゆまぬ研究成果が日の目を見たから。しかしそれも、あなたが王宮へやってきたことによる偶然の産物だったわ。イモに至っては、もともと栽培が成功してもいなかったわよね？」

「おっしゃる通りです……」

エスメはしおしおと小さくなる。

「でも、挑戦を繰り返さなくては偶然による成功もないわ。その偶然はときに『必然』と呼ばれる。根気よく続けていかなくてはならないわね」

ベアトリスはほほえんだ。彼女のまぶしいまでの美しさにぼうっとするエスメをよそに、ベアトリスはギャレットに目配せをする。

「ギャレット、エスメをきちんとエスコートしてあげて」

「かしこまりました」

「国民議会はさまざまな価値観が、考え方が、生き方が集まる混沌《こんとん》とした場所なの。あなたは私の弟が選んだ王杖。植物を育てることだけが才能ではないはずよ。新天地へ来たのだもの、必然を手にしてから帰ってちょうだい。またとない機会を大切にね」

「は、はい！」

「国民議会を見れば、きっとニカヤの印象が変わるわ。いい意味でも、そうでない意味でも。イルバスから到着したばかりのあなただからこそ、感じられることがあるはず」

いい意味でも、そうでない意味でも……。

ベアトリス陛下はなにをおっしゃりたいのだろう。

窺《うかが》うように彼女の顔に目をやったが、ベアトリスはすぐに切り替えて、次の話題へ移っている。

（百聞は一見にしかず、ということだよね）

国民と王が直接舌戦《ぜっせん》を繰り広げるという、刺激的な議会——。今マノリト王は出席できないが、王の側近たちがどんなふうに対話するのかが見たい。

（ニカヤそのものの印象もそうだけれど……。私はやっぱり「人」の印象が気になる。なによりも自分自身が、それを気にしているから……）

王宮の中での地位が、その者のすべてではない。むしろ国民にどのような印象を抱かれるかが重要だ。印象、それは時として事実よりも重要視される。

（女だから、若いから、私は助け合うべき仲間たちにすら侮《あなど》られていた……）

他人から一度貼りつけられた評価。それを個人の力で引き剝《は》がすことは、とても時間がかかるし、たとえ時間をかけても成し遂げられないこともある。

ニカヤに来たばかりの私だからこそ、得られるものがあるというのなら、つかみ取りたい。たとえ今は頼りないと思われていたとしても……。

そうしたらマノリト王も、心を開いてくれるかもしれない。自分がニカヤとイルバス、両国の平和のために貢献することができれば。

エスメはぼんやりと思考にふけって、花のお茶を口に含んだ。

この茶は青い。はじめの印象は驚いた。変わった味がするのかと思った。

だが実際に口にしたとき、その優しげな甘さに驚いた。

（マノリト王。神童。まだ六歳。父王に先立たれ、孤独な少年。しゃべれない……）

実際の彼のことを、エスメはなにも知らない。

マノリト王とは、いったいどんな人物なのか。

＊

「マノリト王！　こちらでございます！」

ローガンが地面にはいつくばって、一生懸命声を上げている。

「ローガンはこちらです！　マノリト王！　えーっと、こういうときなんて言うんだっけ？　そう、こちらに来て、えーと、斬りこんでみてください！　全然痛くないですから！」

刃引きの剣を持たされたマノリト王は、声のする方を見ることもしない。

一日のうちに必ず設けられている、剣の稽古の時間。ローガンは、マノリトに一太刀も振るわせることのできないまま、この時間を終えてしまうことも多い。

「マノリト王は、剣術がお嫌いなのですか？」

エスメが話しかけても、マノリトは返事をしない。けれど剣の柄《つか》はしっかりと握りしめている。

「私も今稽古中なんです。ローガンと打ち合ってみようかな。どうでしょう、三人で稽古したら楽しいかもしれませんよ」

　蝶が飛んでいる。マノリトはそれを視線で追いかける。

「蝶がお好きなんですか？」

　マノリトははっとしたように目を見開いた。それから、けだるそうにまぶたを閉じる。

「わあ、降りだした」

　ローガンが手のひらを空へ向ける。

　水滴がぽつぽつと頰を打った。

「早く屋根の下へ。マノリト王、休憩しましょう」

　それからあっという間に、大地を吞みこむかのような大粒の雨が空から降り注いだ。

「なにか飲み物でもお口にされますか」

　エスメには、空の機嫌はいつも読めない。先ほどまでかんかん照りだったにもかかわらず、急にむずかって大雨を降らせる。少し待てばまたからりとした晴天に戻るので、ニカヤ人たちは雨の時間はのんびりと構えている。わざわざ傘など持たず、気ままに雨宿りしてやり過ごすのが常だ。

　雨が降ったらひとやすみ。これが雨季の過ごし方だった。

　ローガンはマノリト王のマントや靴を拭《ふ》いてやっている。

「この間いただいた柘榴《ざくろ》の飲み物、あれを出してもらいましょうか。珍しく、たくさん召し上がっていらっしゃいましたから」

「柘榴の飲み物……」

「アシュレイル女史、まだ飲んだことはないですか？　柘榴をまるごと絞り機にかけるんですよ。血のような赤で、一見ワインのような……」

マノリトの好物らしきその飲み物は、ほどなくして女官たちの手によって運ばれた。

とろけるように甘ったるく、強い酸味があるが、さんざん汗をかいたのちに口にすると、生き返るようである。

マノリト王はカップをかたむけて、ごくごくと喉を鳴らしている。やはり渇いていたのだろう。

エスメもカップにくちびるを寄せる。イルバスでは口にしたことのない味だった。

「初めて飲みました。酸っぱいのに、すっごく甘くておいしいです。イルバスでも飲めたらいいのに。柘榴を持ち帰って、イルバスで育てることができたなら、サミュエル陛下もお喜びになるのになぁ」

「イルバスの気候で栽培するのは難しいでしょうね。たとえサミュエル陛下の温室があっても……それに、最近ではニカヤでも柘榴を育てるのは大変らしいですよ。震災の後は地質が変わってしまって、以前よりも作物が育たなくなっている。市民も今ではこういった贅沢《ぜいたく》な楽しみ方はしません」

少し前までは、ニカヤの民は腹がすけば庭に生《な》った柘榴をもぎとって、丸かじりしたり絞り機にかけたり、気軽に口にしていたのだという。

「この柘榴は、女官たちの家で採《と》れた貴重なものを、マノリト王にと献上してくださったものです。マノリト王の好物だから、一番いいものを送ってくれるんだとか」

つまり、市井《しせい》ではすでに柘榴の入手は難しくなっているということか。

エスメは貴重な柘榴の味を、確かめるようにしてもう一度カップをかたむける。

「ニカヤにはびっくりするような食べ物や飲み物がたくさんあるんですね。この間、糖蜜がたくさんかかった焼き菓子や青いお茶をいただきました。マノリト王もお好きでしょうか」

「あれ、なんていう名前のお茶だったかな。あー、単語が全然出てこない」

ローガンは残念そうに言う。

「ここに来て初めてわかったというわけじゃないんですけど、僕、言葉を覚えるのが苦手なんですよ。ベアトリス陛下とピアス公爵があんなにすらすらしゃべってるのを見ると、萎《い》縮《しゅく》しちゃって。僕は国民議会なんて、とてもじゃないけれど出られないや」

イルバス語をしゃべる相手がそばにいてほっとしているのだろう。ローガンはとても饒《じょう》舌《ぜつ》だ。マノリトにはニカヤ語で話しかけなくてはいけないので、普段からもどかしく思っているのかもしれない。

「マノリト王も議会に出るんですよね。すごいなあ。きっとマノリト王の登場を楽しみにしてる人、たくさんいますよ！　だから今は剣くらい打ちこめなくたって、どうにかなりますよ」

本当は、すぐにでも議会に出なくてはならないことを、マノリト王はわかっているだろう。彼の気持ちが回復するまで、一時的に守られているということも。

ローガンは彼をはげまそうとしているのだ。

「大丈夫です。僕は今でも、兄にはかなりどやされてます。お前は顔が子どもみたいだから、軍人としてナメられるぞって。かなり厳しくされて、剣を持つのも嫌になってしまったときもあって。でも今はこうして、マノリト王の師範……なんて言ったらおそれ多いですけど、そんなこともできるようになってますから。ちょっとずつでいいんですよ！」

焦って、後半はイルバス語になっている。マノリト王は以前はイルバス語も操れていたというので、通じているのかもしれないが。

――マノリト王は、本当に剣が苦手なのかな。

エスメが疑問をぶつけても、彼はきっと答えないであろう。王が言葉を失った理由。それすらも明らかになっていない。

（人が心を閉ざすのに、明確な理由なんてないのかもしれない。ひとつひとつの出来事が、降り積もって、それが限界までぎゅうぎゅうになってしまったら、心の入り口も出口も、

塞《ふさ》がってしまうんだ)

でも、どこかには兆しがある。彼の心の、なにかが引っかかる場所がある。それをつかむことさえできれば……。

(王がひとりなのに、ニカヤには派閥がある。マノリト王が心を閉ざしたままでは、どちらの派閥も都合のいいようにマノリト王の意志を解釈して、収拾がつかなくなる。王には言葉が必要だ)

それがたとえ、前向きなものでなくとも。

かつて、ニカヤのマラン王は、アデール女王にこう言ったという。

三つの王冠は三様の嵐となり、国を荒らし尽くすと。

――では、風の起こらない国は?

王が石のように口を閉ざしたら、国民はどうなってしまうのだろう。

(もし、サミュエル陛下がマノリト王と同じようになってしまった時、私が国璽を押さなくてはならないんだ。それに対してサミュエル陛下の意志がわずかでもあるのとないのとでは、私の決断はまるで違ってくる)

その意志が国民のためになるようなものとは限らないかもしれないが……。

それでも、王の言葉を欲《ほっ》するだろう。自分ならば。

「マノリト王」

エスメはつとめて明るく言った。

「議会の様子を、私はマノリト王の目となり見てまいります。よろしいでしょうか」

答えない。わかっていたことなので、エスメは付け加えた。

「私がマノリト王ならば――どのような選択をするにせよ、なにかしら国にまつわる情報はほしいと思うのです」

マノリトは、ローガンの腕の中でぴくりと肩を動かした。

「言葉がなくとも、目が、あります。私の目玉が、えーと」

「目玉って言ってるよ、アシュレイル女史。こういうときはえっと、『まなざし』か？」

ここにザカライアさんがいたらな、とローガンはくやしそうだ。

議会を見るならば、ギャレットやザカライアの協力は必要不可欠になるだろう。朝議でも聞き取りに必死だった自分をかえりみて、エスメは不安になる。思わずうう、と声を漏らすエスメを、マノリト王はなんの感慨もなさそうに見つめていた。

雨は、いつの間にか上がっていた。

第二章

すがすがしいまでの快晴である。

エスメは王都バハールの中心地に建つ議事堂へと向かった。

円形の建物には、続々と人が詰めかけている。彼女はイルバス王宮の議会の間を思い出した。円卓に座る三人の王とそれぞれの王杖《おうじょう》。それを取り囲むようにして、各陣営の椅子とテーブルが置かれている、あの緊張感のともなう景色。

(似ている。そうか。アデール女王が王女だった頃にこの国から持ち帰ったことが、あんなふうにして影響を残しているんだ……)

びりびりと、肌を震わせる異様な空気。

ここはまるで戦場だ。武器は言葉と志《こころざし》。

そばに立つギャレットは、圧倒されるエスメをじっとながめている。彼も少し前、同じように議事堂を見上げていたことを思い出していたのかもしれない。

開会の挨拶《あいさつ》の場に、マノリト王は立たない。政府側の発言者であるザカライア・ダール、ヨアキム・バルフ、そしてディルク・アテマが並んだ。今日こそ王の姿が見られるはずだと期待していた国民たちは落胆し、口々に不平を漏《も》らす。

「静粛に」

ザカライアが声を張るが、静まる様子はない。

「いい加減にマノリト王を出せ！」

「イルバス女王の犬が！」

「せめてイルバス女王の配下どもをつまみ出せ！　ここは属国ではないんだ！」

エスメは驚き、目を見開いた。

ギャレットは涼しい顔でたずねる。

「なにを言われているのか理解できたのか」

「はい……えっと、悪口を言われていることはわかりました……女王陛下の……」

「まあ、悪《あ》し様《ざま》に言われているのは言葉が通じなくともわかるか」

ベアトリスもはじめは、議会に出席していた。マノリト王がまだ挨拶ができていた頃のことだ。このときのニカヤ国民のイルバスへの感情は、けして悪いものばかりではなかった。なのでギャレットも安心して、女王を国民議会へと出していたのだという。

「雲行きが変わったのはごく最近のことだ」

過激な野次が飛ぶようになり、議会はたびたび中断を余儀なくされた。ベアトリスを出席させることは危険だと判断したギャレットは、彼女の代理として自分が議会の席に座ることにした。ただし、生粋《きっすい》のイルバス人である彼はここでの発言を軽んじられてしまうこともある。

「対話はザカライアとヨアキムに任せ、俺は主《おも》に議会の様子を報告するにとどめている」

始まりの鐘が鳴る。それを合図にようやく野次がやむ。最初の国民の代表者が登壇してくる。軍事施設のある町の長だ。自分たちの居住区から、イルバス人の立ち退《の》きを訴える。ヨアキムが立つ。男たちはまくし立てるように激しく言葉を交わす。時折、ニカヤ語ではない言語になる。

(どうしよう。今なんの話をしているの？　どこから拾ったら……)

議論が早すぎて、もはや記録を残すことも叶《かな》わない。ヨアキムの放つ単語はどう綴《つづ》ったらいいのだろう。羽根ペンを持ったまま、エスメは硬直する。紙の上でインクの黒い染《し》みが広がった。

焦《あせ》って周囲を見回してみると、政府側の人間はみな渋面だ。足を揺すったり、首を鳴らしたりして、不快な感情を表に出している。なにかよくないことを話しているのは理解できるが、所詮その程度である。

言葉の勉強はしっかりしてきたはずなのに、いざとなるとこうもわからないとは。エスメは情けなくなった。

ここは、正直に言うしかない。理解できているふりをしてやり過ごしていては、議会に出た意味がない。

「あ、あのパルヴィア伯。申し訳ございません、私内容がよく……」

「少し待っていろ」

ギャレットはすべてわかっているとでも言いたげにうなずいた。

すると突然、美しい羽の小鳥がふわふわと飛んで、彼の肩に止まった。

足首に一枚の紙が巻かれている。

「俺もさすがに少数民族の言葉まではな」

ギャレットの召し抱える間諜《かんちょう》のひとりらしい。議会のあちこちに散っているのだ。ギャレットのわからない言葉は、重要な単語だけを拾ってイルバス語に訳してくれる。

「すごい……」

ぶるぶると羽を震わせる小鳥に、エスメは感嘆のため息を漏らした。

彼の間諜は優秀である。機転の利《き》く、能力の高い部下を育てられることはギャレットの強みだ。

「後からザカライアに聞いてもよいが、議会は生ものだからな。万が一俺が答弁に立ったとき、流れがわかっていないと一瞬の隙《すき》が命取りになることもある」

差し入れられた紙をのぞきこむ。「軍人による略奪」「連続」「目撃情報」「現在調査中」

これだけでは細かい状況まで判断がつかないが、窃盗事件かなにかの犯人に、イルバスの軍人が疑われているということか。

「イルバス人が犯人かもしれないので、捜査をする者からイルバス人を外すように訴えている」

「そんな細かいことまで王に訴えるのですか」

各地方をとりまとめる貴族や監査官に訴えるべき事柄ではないのか。

エスメの疑問に、ギャレットが答える。

「ニカヤにも地方監査官は存在するが、彼らの手にも負えないくらい事態が悪化すると、議案がこちらに運ばれてくる。もっとも最近は、地方の行政組織が機能しておらず、小さなできごとでも国民議会の議案になってしまうことも少なくない」

「本来こういったもめごとを解決するべき人たちは、職務怠慢《たいまん》のかどで罰せられることはないのでしょうか」

「いないんだ」

「いない？」

「搾《しぼ》り取れるだけ民《たみ》から税金を搾り取ったら、屋敷をもぬけの殻《から》にして、いなくなってしまう。何者かが手引きしているはずだ」

「それって……」

エスメは口をつぐんだ。それって、この国の足元はずいぶんとおぼつかないものであるということ？

震災や疫病が、ニカヤが弱体化したすべての原因だと思っていた。もっと根本的な問題が存在しているということなのか。

次に立ち上がった者は、捕鯨組合の会長をしているヨナスという壮年の男であった。長く伸ばした赤い髪を揺らしている。どっしりとした海の男といった風貌だ。

これにはザカライアが受けて立つ。男はびりびりと響くような大きな声を張り上げるが、ザカライアは淡々としている。相手の勢いに呑まれるつもりはないらしい。

エスメのために、ギャレットは小声で通訳をする。

「捕鯨組合側は、船にかけられる税金を下げるように交渉している」

鯨漁に使用する船は、それ自体も家屋何軒分にも相当する高額なものだが、一年所持するごとに税金をおさめなくてはならない決まりがあり、それを払えず船を手放す者もいるのだとか。

「死活問題ですね。もし鯨が捕れなかったら、税金を払えないんじゃ……」

「まあ、船はひとりで使うわけではないから、何人かの漁師で共同で支払うのが決まりだ。鯨がいない時季は別の収入のあてがある者もいる」

「でも、漁師だけで食べられないのは負担が大きいのではないですか？　鯨漁は国の主要産業ですよね。税金をたくさんとってしまっては、漁師のなり手がいなくなってしまうんじゃ……」

「アシュレイル女史は捕鯨組合寄りの意見だな」

「すみません、つい」

故郷のスタージは貧しい町だった。税金を取り立てる側《がわ》だったエスメも、自分の靴も持っていない子どもたちがいることに、胸を痛めていた。

「でも、なり手がいなくなるのは本末転倒だと思うんです」

「君の言うことも一理ある」

「船じゃなくて、捕れた鯨から税金を徴収すれば……」

「そちらにも課税をしている。つまり、過度に税金を取り過ぎている、と彼らは言いたいんだ」

しかし、税金は取れるところから取らなくてはならない。嵐や津波で潰《つぶ》された建物の修繕や、新設する病院の費用、人材の確保。失業者へ職も斡旋《あっせん》しなければならないし、浮浪者が街にあふれるようになってしまっては、新たな犯罪の温床《おんしょう》が生まれてしまう。

「今、ニカヤの国庫はどのような状況なのでしょう」

「かなり厳しいな。イルバス西部地域よりも……と言ったら想像がつくんじゃないか?」

エスメは息を呑んだ。西部地域の惨状は、彼女がよく知るところだ。大寒波がやってきたとき、いくつもの村々で凍死者や餓死者が続出した。

　当時、ニカヤは支援として鯨肉の塩漬けを送ってくれたが、わずかなものだったという。自分たちも苦しい中、イルバスとの関係を考慮し、捻出してくれたのだ。

「以前、食料を支援していただいたときは、かなりの反発があったのではないでしょうか」

「もちろんあった。だから鯨肉と引き換えに、ベアトリス陛下の私的財産を取り崩してバハールに医療施設や貧民院を建設した。それでも援助を必要としている民を収容しきれないのだが……」

　弟の頼みとあって、ベアトリスもひと肌脱いだというわけだ。

「でも、ニカヤの人たちがありつけたはずの食料をイルバスへ送ってしまったのです。いい印象に転じることはないですよね」

「女王陛下もそれはよく理解されている。今は少ない資源の送り先よりも、どう資源を増やしていくのかが問題だ。今回の議題にあがると思うが、他にも女王陛下の考えで推し進めようとしている政策がいくつかある。ただその政策は、どうしても都市集中型になるのが悩みだ」

「それはどうしてですか？」

「大きな政策を進めようとすると人手がいる。田舎《いなか》で人を集めるより、都市に出稼ぎに来させる方が効率がいいんだ。人や物を移動させる『足』が地方には整っていない」

ものを作って売るにしても、運搬経路がはじめから確保されているのと、そこから整備しなくてはならないのとでは話が違ってくる。バハールには大きな港がいくつもあるし、道も舗装されて馬車の移動も円滑だ。

「致し方のないことだが、まずは首都を復活させなければならなかった。クルト前国王の治世で使った国費のことを考えると、ものごとの土台作りに資金を注ぐことができないんだ。地方を整えるほど、悠長に事を運んではいられない」

「時間とお金の問題ということですね」

「そういうことだ」

「それまでは、鯨漁でしのぐと。でも鯨だって、無限の資源というわけではないですよね」

エスメは思案顔になる。重い課税にあえぎ、追い詰められて鯨を捕り続ければ、鯨は海からいなくなってしまうのではないか。そうなれば経済はいっきに傾いてしまう。

「経済の要が鯨なのはわかっています。しかし農作物もふんだんに採《と》れるこの国なら、税金の徴収対象は分散してもよいのではないでしょうか。新しい政策を成功させるためなら、なおさら保険は必要です」

「もちろん、アシュレイル女史の言う通りだ。だが農作物は震災の影響で収穫量が激減している。あまり無理はさせられない」

以前のニカヤでは貿易がさかんだったが、農作物が採れなくなったせいで輸出量も下がっている。震災後、海水に浸《つ》かった多くの畑ではどんなに種をまいても思うように芽が出なくなった。土が回復するまでに長い時間を要するだろう。

　エスメは、マノリト王の好物の柘榴の話を思い出した。あれも現在は、王宮でひっそりと楽しまれているだけだという。

「漁師への税金はずっと据え置きですか？」

「ベアトリス陛下は、税率を下げたいと思っている。だがニカヤは国難を迎えている。次の財源が見つかるまでの一時的な措置として、あくまで今は徴税に頼るほかない」

「鯨漁に代わる主要産業を手に入れるまでの、一時的なものでも、不満は必ず噴出します。終わりが見えないですから。今のニカヤのために漁師がつらい思いをするようでは、国民はニカヤの未来に夢を見られない。均衡を保つのが難しいところではありますね」

　エスメの言葉に、ギャレットは目を見張った。

「そうか。西部地域では徴税に苦労していたからな」

　エスメの故郷スタークを含め、サミュエルの治める西部地域は貧しい地方が多い。徴税に耐えきれず畑を捨て、出稼ぎや放浪の旅に出る者もいた。彼らの中で人生を逆転できる者はほとんどいない。いずれどこかで野垂れ死ぬ運命だ。

　ザカライアが、辛抱強《しんぼうづよ》く同じ単語を口にする。「今は耐えてほしい」「いずれ必ず」といった言葉に、捕鯨組合の者たちはわかりやすい野次を飛ばす。血気さかんな海の男たちの怒号であったが、顔色ひとつ変えないザカライアの精神力は、さすがとしか言いようがなかった。

「ほかの産業が以前のように復興しなければ、打つ手がない」

「では『ほかの産業』にかんして、あんたはなにか打つ手とやらを考えているのか」

「イルバスで最近広まっている缶詰工場をニカヤにも作り、食料の長期保存を進めてはどうかと」

これが、新しい政策のひとつか。たしかに缶詰の流通でイルバスの食料事情はいっきに上向いた。

自国で蓄えておけばいざというときの備えにもなるし、壺や瓶詰よりも衛生的で場所も取らない。販路を広げるには最適である。

「……これが成功すれば、形の悪い農作物も加工次第で生まれ変わるし、より遠方の国まで運ぶことができる。輸出もさかんに……」

またイルバスの入れ知恵か、食料をよそに出すなら自国民に与えろ、と怒声が飛び交う。

ヨナスはうっとうしそうに繰り返した。

「それはいつになったら実現するんだ。ニカヤの缶詰を買いたい、と手をあげているやつらはいるのか。工場を作るにも、生産を軌道に乗せるのにも、缶詰の買い手を探すのにも時間がかかるんじゃないのか。俺たちはすぐにでも、今の状況を打開したいんだよ」

「缶詰の主な買い手は、しばらくはイルバスになる。これ以上ない、手堅い販路となるだろう」

「仲良しごっこの商売かい。関税はだいぶ足元を見られるだろうな」

　ヨナスは吐き捨てるように言った。

「関税は、以前と同じく据え置きの予定だ」

「予定？　確約ではなく？」

「現在、イルバス側で協議にかけている。ご存じかと思うが、イルバスの三人の王、全員の承認が取れなければこの案は進まない。しばし待ってほしい」

　ザカライアはしれっと答える。

　ヨナスは鼻を鳴らした。

「それで、その缶詰の製造とやらは、明日にでも始まるってわけでもない。なんせ始めるにも金が必要だからな。つまりは、鯨に対する税金も当分減らせない。そういうことでいいんだろ？」

「これ以上は同じ言葉の繰り返しになる。まだ国民への支援が行き届かない。税を減らせばさらに浮浪者が増える」

「こっちは税金のために見習いのクビ切って浮浪者にさせちまってるんだ。鯨を一頭捕っても、晩飯はかすみたいな小さい魚の焼き物と、空洞だらけのすかすかのパンだ。香辛料を手に入れるのにもひと苦労する。何十年後のニカヤの話をしてるんじゃない、今日の飯をどうするかって話をしてるんだよ。どうにかしてくれないなら、俺たちはもう鯨を捕らないぞ」

ヨナスは強気だ。捕鯨産業がなければニカヤが成り立たないこともよくわかっている。

「課税の額は変えられないが、徴税の期間については改めるように調整する」

「調整？　どうするんだ。マノリト王がいないのに、あんたが勝手には決められないもんな。ベアトリス女王と決めるのかい」

「マノリト王の家臣たちとの協議で決める。ベアトリス女伯はそこに入っている」

それだけ言うと、ザカライアは書類をまとめて立ち上がった。まだ話は終わっていない、と男たちはわめくが、進行役が鐘を鳴らし、一時閉会となる。

エスメは息をついた。

「この問題って、今日だけでカタがつくんでしょうか」

「今の決定に不服があれば、もう一度議案を練り直して再度申し立てることができる。最短で二カ月後だな。ザカライアは徴税期間についてマノリト王を交えた朝議で内容を取りまとめ、国民に発表するだろう」

ヨナスは納得していない。二カ月後にまた顔を見ることになるだろう。

本日の最重要課題である議案が終わったので、場の空気はゆるやかなものに変わっている。

「パルヴィア伯。私、すこし外出をしてもよろしいでしょうか」

「では護衛をつけよう」

「先日は大勢の護衛に取り囲まれて、あんまり集中できなかったんです。サミュエル陛下の頼みだとはわかっていますが、今日はどうか見逃していただけませんでしょうか」

「だが……」

ギャレットは厳しい表情である。

「やはり危険だ。最近はイルバス人の政治関与をよく思っていない連中も多い。君の見た目は完全にイルバス人だし、ひとりで出歩かせるわけにはいかない。護衛は少人数でも構わないから、必ず連れていけ」

「わかりました」

エスメに気遣《きづか》って、ニカヤ人の護衛を何人か選んでくれる。

(仕方がないか)

王を守る仕事なので忘れてしまうが、エスメとて『王杖』という立場なのだ。

王が王杖を失えばどうなるか。それは右腕を失うことと同義だ。サミュエルにとって、失いがたい王杖になるためにこの国へ来たエスメだが、その自覚はいまだにうすい。ギャレットの態度でようやくじわじわと実感する。

（私は守る立場でありながら、守ってもらう立場でもある。私だけじゃない、みながみな、誰かを守りたい。だから議会も白熱するんだ……）

エスメはレイピアに触れる。護身用として持っていただけの武器も、ずいぶん扱いを覚えてきた。連日のヨアキムやローガンとの稽古で、腕も上がった気がする。

エスメは、お姫さまではない。王杖なのだ。

よその国に来てから、それを自覚することになろうとは。

護衛たちと共に、エスメは出発した。

＊

市場に行き交う人々は、興奮した様子でおしゃべりをしている。

どこもかしこも、国民議会の話題で持ちきりだ。

「議事堂前の壁書《かべがき》読んだ？」

「夫に読んでもらったわ。ヨナスは攻めきれなかったんだってね。税金は据え置きよ」

「じゃあうちの旦那も、また大した金は持って帰ってきやしないね。あたしはいつまで内職しなきゃいけないんだか」

「内職はずっとしときなさいよ。おなかに三人目がいるんでしょうが。いくらあったって足りやしないわよ」

「ああ、昔は鯨の漁師に嫁《とつ》ぐなんて言ったらみんなにうらやましがられたのにね。まさかこんなに苦労するとは」

落胆の表情を浮かべる女たちを横目に、シーラはすいすいと通りを横切った。

油断なく視線を動かし、本日の獲物を見定める。

私は正しいことをやっているだけだ。なだれこんできたイルバス人を養うために、ニカヤ人は我慢をさせられている。ニカヤを守るためなんて大義名分をかかげているけれど、軍人は手持ち無沙汰《ぶさた》に街をうろついているだけだ。

(国民議会だって、公正じゃない……あの人が言っていたことが本当なのだとしたら)

身分の入り乱れた議会が正しく行われていたのははるか昔の時代。今はイルバス人の……あのベアトリス女王の都合のよい意見しか通らないと。

その証拠に税金は上がる一方。上がった税金でイルバス人が増える一方。ニカヤが誰のための国なのか、まるでわからなくなる。

もともと多民族の集まってできたニカヤだからこそ、わかりづらい。気がついたときにはこの国に住むのはほとんどがイルバス人になっているかもしれない。

イルバス人からは奪ってもいいのだ。これはスリではない、取られたものを取り返しただけ。

シーラは建物の壁によりかかった。行き交う人々をながめ、心の中でつぶやいた。

赤の王冠。

あのとき、ギネスという男はその組織の名を口にした。

本来なら、イルバスにはもうひとり王様になるべきだった人がいて——今の状態でも十分、王様はたくさんいるというのに！　——その人が王様になったあかつきには、ニカヤからイルバス軍を引き上げてくれるという。

この話を初めて聞いたとき、なにかがおかしいと思った。

ニカヤの自治のためとか、これは国の垣根を越えた道義の問題だとか、ギネスは熱っぽく語っていた。もっともらしいきれいごとだけで、人は動くことができるのだろうか。この話、得をするのは誰なのだろう。

でも、考えることがそもそも億劫《おっくう》だった。とにかくあたしはおなかがすいているし、おなかがいっぱいになって、イルバス人がどこかへ行ってくれるならなんでもよかった。

それに、ギネスに弱みも握られてしまったし。

（こうなったら利用してやるほかないわ）

ヤンはギネスや赤の王冠に対しては懐疑的だった。あからさまに嫌な顔をしていた。

『イルバスには王さまがたくさんいるんだぜ。その赤の王冠のリーダーが王さまになったからといって、トントン拍子にうまくいくのかよ。俺はなんだか怪《あや》しいと思うな。変なことにはクビつっこむなよ、シーラ』

彼は目もくらむような金貨を差し出されたけれど、断った。お金がないくせに。

シーラがその金貨を後でこっそり受け取ったことを、彼は知らないのだ。

――誰が正義で誰が悪かなんて、余裕があるやつが考えることよ。

私はただ満足に生活したいだけだ。食べたいものを食べ、着たい服を着て、眠りたいときに眠る。それができているニカヤ人はほんのひとにぎりで、あとはたいてい多かれ少なかれ我慢を強《し》いられている。最後に肉を食べたのはいったいいつだったのか、シーラはもう思い出せないくらいである。

（あいつにするか）

珍しい、イルバス人の女だ。どこかの軍人の妻……にしては幼いような気もするけれど、着ている服は一級品だ。ニカヤの服なんて着てニカヤ人ぶっても、その白い肌は隠せない。

舌なめずりをし、シーラは準備を整える。顔に泥をくっつけて、よろよろと女の方へ向かう。

物乞いがよろめいたふりをしよう。ぶつかって嫌がられてもその隙《すき》に財布を抜き取れるし、うまいことめぐんでくれようとするなら、取り出した財布ごと奪って走ればいい。きっと嫌がる方だろう、とシーラは思う。このやりくちで同情してくれるのは――下心もぞんぶんに含まれているせいだろうが――たいてい男だった。女は、見知らぬ相手には冷淡なのだ。家族や子どもを守るために警戒心が働くから、危険な人物とは関わり合わないようにする。

女に向かって足を一歩踏み出した、そのとき——。

「なにをしている」

大男の兵士が、シーラの腕をつかんだ。

「おまえ、わざとぶつかろうとしただろう」

「いいえ、本当によろめいてしまったのです。ごめんなさい」

「嘘だな。先ほどからじっと見ていただろう。何者だ。こちらの方になんの用だ」

シーラは心の中で舌打ちをした。一丁前に、護衛がついていたのか。ニカヤ人の護衛だから気がつかなかった。

女……よく見ればまだ少女のようだ……はじっとシーラを見ている。贅沢《ぜいたく》な布をふんだんに使った上掛けと、裾《すそ》さばきのよさそうなズボンを穿《は》いて、すっと背筋を伸ばした少女。灰色の瞳をぱちぱちとまばたかせ、なにごとかというような顔をしている。

少女は男になにかを訴えているようだった。男はそういうわけには、ですが、と口にしているが、やがて舌打ちをしてシーラを突き飛ばした。

尻餅《しりもち》をついたシーラを、少女はびっくりしたような顔をして見下ろしている。

(この子は、虐《しいた》げられるってことを知らないんだ)

きっとイルバスの、いいところのお嬢さんだ。イルバスがどんな国なのかは知らないけれど、ここにやってくるイルバス人はみんな上等な服を着ているし、お金もたくさん持っている。彼女もそんな家庭に生まれたひとりに違いない。スリとか物乞いとか、そんなことをしなくても済むし、これから先もすることはないのだろう。

くやしくて彼女を見上げる。少女はしゃがみこんで、ポケットからなにかを取り出した。

包み紙を開くと、手のひらの上に現れたのは、不格好な焼き菓子である。真四角で、ベリーのような乾燥果物がぎっしりと詰めこまれている。

「いらないわよ」

シーラは吐き捨てるように言った。こんなちんけなお恵み、ばかにしているんだ。私が菓子一つも買えないような女だって。

「イルバスから持ってきたの。うちの家の者が焼いた菓子で、すっごく日持ちするんだ。すごくおいしいってわけじゃないかもしれないけど、栄養はあるから。よかったら食べてみて。毒なんて入ってない」

たどたどしいニカヤ語だった。きっと私の、知らない味。甘いのかもしれない。言葉通り、おいしくないのかもしれない。かつてニカヤは、イルバスよりも豊かだったし、今だってバハールは負けていないという者もいる。寒々しくて、野菜も家畜も小さくて食いでがないイルバスより、ニカヤの食事が一番だと。

ニカヤだって……おいしい食事にありつけるのは、今となっては一部だけ。
「おめぐみのつもり？　いらないから」
早口で言うと、少女の手をはたく。
シーラは立ち上がった。
「おい！　無礼だろうが！」
兵士の怒鳴り声が響く。砂をまきあげ、シーラは立ち去った。
やっぱり、イルバス人は嫌いだ。
傷ついたような顔をしたあの子も。
本当は、あの子からお金なんて盗《と》らなくってもいい。
私の役目はイルバス人とできるだけ衝突を起こすことだ。
（ほら、この様子を今も誰かが見ている）
眉をひそめている女たちを横目に、シーラは走る。
シーラはもうスリなどしなくてもよいのだ。新しい「仕事」を手に入れたのだから。

＊

「大丈夫ですか、アシュレイル女史」

「う、うん……」

エスメは目をぱちくりさせて、少女の去っていった方角をながめていた。

知らずに彼女を不快にさせるようなことを言ってしまったのだろうか。エスメのニカヤ語はまだまだなので、会話に自信が持てない。

レギーのお菓子、前よりはずいぶんおいしくなったんだけど。

以前アシュレイル家の従僕のレギーが、雪山へ行くときに持たせてくれた携行食料。エスメのニカヤ行きにあたり、小さい体をめいっぱい動かして、彼は同じ菓子を焼いてくれたのだ。

地面に落ちて、砂まみれになったそれを拾い上げる。ふっと息を吹きかけたら食べられないかなと思ったけれど、やめた。あとでそのあたりの犬にあげてみよう。

「スリや強盗事件が最近増えているんです。移動は馬車にするべきでした」

「あの……派手な馬車？」

座席が剝《む》き出しの、鮮やかな色の絨毯《じゅうたん》を敷いた馬車。まるで物語に出てくる異国の王さまが、くつろぐためのもののようだった。マノリト王はああいったものに乗ったことはないらしいが、はるか昔の王族の中には好んで乗り回していた者もいたのだとか。

「あの馬車では的《まと》になるようなものです。ご興味がおありになるのはわかりますが、護衛としては乗車を許可できません。囲いつきの、外側から見えない造りになっているものがございます。ずいぶん暑苦しいですが」

「はは、そうですよね、さすがに……」

それにしても、先ほどの彼女は大丈夫なのだろうか。

泥だらけの顔、瘦《や》せ細った体。目だけはぎらぎらとしていて、やけっぱちのような、それでもなにかをあきらめきれないような、異様な雰囲気をかもしだしていた。

──スターグにいた頃の、私みたい。

今でははるか昔のように感じる。自分ひとりで、故郷をどうにか立て直さなくちゃいけない、そのために手段は選べないと思っていたあの頃。未来のためなら、男になることも厭《いと》わなかった。

彼女にも、変えたい未来があるのではないか。

「彼女、なんて言ってたんですか。なにか訴えたいことがあったんじゃないですか」

「アシュレイル女史が気になされることではございません」

「でも」

「このあたりは物騒です。少し人払いをしてまいります。見たいものがあれば事前に私たちに……」

「それでは視察の意味がないです。私はこの街の人々の暮らしぶりを見て、議会でのやり取りの実地検分をしようと思うのですが」

「申し訳ありませんが、聞き取れませんでした」

言葉の壁……。エスメはがっくりとする。それか、もしかして、聞き取れないふりをされているのか。

エスメが護衛官とニカヤ語で押し問答していると、足元でぽつりと声がした。

「あいつはスリだ」

枯れ木のような老人だった。だがまなざしはしっかりとしている。地面に尻をつけ、屋台で買ったばかりの酒をあおっている。ぷんと酒の臭いがしたが、香辛料や花の香りも混ざり合って、どこか不思議な雰囲気の男だ。

「あいつ……？」

「さっきの小娘。関わらない方がいいね。気をつけな。イルバス人ばかり狙って、そこら中で財布をスっている」

……イルバス語だ。

エスメはあわてて口を開いた。

「お上手ですね。イルバス語を学ばれたんですか？」

「よくしゃべった、昔はな」

酒を注いだ杯に、花びらが浮かんでいる。赤いアネモネの花。風に乗ってやってきたのだろうか。エスメはそのちらちらと揺れる赤をながめた。

護衛官が老人になにかを話しかけている。彼は早口でなにごとかを返す。男たちは顔色を変えた。

「アシュレイル女史。すぐ応援がまいりますので、しばしここでお待ちいただけますでしょうか。護衛官は数名残しますので」

「あの……」

「先ほどの国民議会の件で、不満を訴える集会が起きているようです。暴動になる危険がありますので解散させねばなりません」

「捕鯨組合は関係ないぞ。勘違いするなよ」

老人はゆっくりと言った。イルバス語だった。護衛官はそれを理解していたのか、うなずいた。

（なんだ、あの人イルバス語ができるのか……）

よくよく考えれば、ギャレットが用意した護衛なのだから、ある程度イルバス語ができる人材が揃《そろ》っているだろう。ベアトリスもギャレットもニカヤ語は堪能《たんのう》だが、その土地特有の微妙な意味合いまで理解が行き届かないこともある。そういったときにどちらの言語にも明るい現地育ちの人は重宝される。

護衛たちが散ってしまうと、エスメはぽつりと残された。かえって人の視線がなくなりほっとする。

老人は、それを見計らったように口を開く。

「あんたも災難だな。あんまりぞろぞろと取り巻きを引き連れるのも考えものだ。スリ程度にちょっかいをかけられているうちはいいが、最近のニカヤ人は殺気立っているぞ」

「ご忠告感謝いたします」

「なにもこんなときにニカヤに来ることはなかったのに。この国の春はとっくに廃《すた》れたよ」

「今は苦しいときかと思いますが……」

「昔はよかったと言うつもりはないが、まさかこんな形でイルバスをこの国に迎えることになるとは、思いもよらなかったね。婚姻という形もとらず、ただイルバス女王がニカヤ国王の後見人となるなど」

女王の介入をよく思わない国民もいる。当然であろう。

もしエスメがニカヤ人であったなら、この宙ぶらりんな状況は不安である。これはベアトリスの善意にすべてがかかっている状態だ。彼女がその気になれば、マノリト王を人質に、いくらでも好きなようにふるまえてしまうのではないか。マノリト王の人格形成に、他国の王の影響が多大に及ぶのでは。将来的に、ニカヤにとって不利な選択をマノリト王がするようになるのではと危惧《きぐ》する者も当然いるはずである。

私は母親ではない、とベアトリスが言うように、彼の教育にかんしてベアトリスは必要以上に口出しをしない主義だ。ニカヤの伝統に則《のっと》ったやりかたで、ニカヤ人の王にふさわしい君主を育てる。しかしベアトリスがそこにいるだけで、彼女の努力も疑われてしまう。

「ベアトリス女王は正しくあろうとする方です。……言葉を尽くしても、ご理解はいただけないと思いますが……」

女だから。王だから。イルバス人だから。一度貼られた札は、簡単には剝《は》がれない。みながそれぞれ、己《おのれ》に貼りつけられた札を剝がそうともがいている。

「ニカヤの文化は我が国に大きく影響を与えました。そのときの恩を返そうと、ベアトリス陛下は、お心を砕いておられます。私もできることをしたい。教えてくださいませんか、この国が春に包まれていた時代を」

「この国の春は、人によって違う。それぞれの『春』が集まった国、それがニカヤだからだ」

「それぞれの春……」

「そう。この国の民は、もともとは拠《よ》り所《どころ》がなかったんだ。流れ者の集まりだったからな。そんな彼らがようやく見つけた根を張れる場所。誰にも追われず、誰にも干渉されないが、手を伸ばせば花があり、海があり、仲間がいた。それがこのあたたかなニカヤで、この島そのものが春だったんだよ」

だが、今のニカヤはどうだろう。

花や海はあれど、人々に助け合うほどの余裕はない。

先ほどの少女の様子を見れば、すべての国民にとっての春は、ここにはないことがわかる。

「新しい春を迎えるには、どうしたらいいと思いますか」

「新しい春ね」

老人はぽつりとつぶやいた。

「こんな老いぼれの話を聞いてどうする。市井《しせい》の者の声に耳を傾ける私は立派だと、思いたいだけか？」

意地の悪い物言いだったが、エスメはめげなかった。

「私には情報がないのです。ひとつでも多く、誰の口からでも、たくさんのことを聞きたい。政治にどう生かすかは総合的に判断します」

「――昔、あんたのような人に会ったよ。楽しかったね。彼女と過ごしたあの時間は特別だった」

老人はぼんやりと雑踏をながめた。からんからんと音をたて、きらびやかな馬車が通り過ぎてゆく。

「あんた、ぺらぺらと政治だのなんだのと言っているが、ちょっと用心した方がいいね。こうして話しているだけでも、わかる者にはあんたがエスメ・アシュレイルだとわかってしまうから」

「えっ」

「こちらの国でもあんたは有名だ。イルバスの王が初めて女の王杖を迎えたと。あんたがニカヤに入ったことは、公式に発表されていなくとも漁師たちから筒抜けなんだ。海の男に隠し立てはできない。見覚えのない船が港に入ったら、まずは警戒する。あれには誰が乗っていて、なんの目的でニカヤに降り立ったのか。それでしばらくしたら護衛を引き連れたイルバス人の女が街をうろうろとするわけだ。見知らぬ老人相手に『新しい春』などと口にする」

「あの……」

「まあ、俺はもうなにをどうにかできるという年齢でもない。生きているのも不思議なくらいの歳になってしまった。俺を用心しても仕方のないことさ。昔から用心が足りずに兄に怒られていたくらいだ」

老人は立ち上がった。すっと背筋がのびている。褐色《かっしょく》の肌に、垂れ下がった目尻。若い頃は可愛らしい顔立ちをしていたのかもしれない。

きちんとめかしこめば、それなりの人物に見えそうだった。

「ひとつ、いいことを教えてやろう」

「はい」

「かつてマラン王が、アデール女王との晩餐会《ばんさんかい》の場で口にした、偉大なるお言葉がある。これをニカヤ語でしゃべれるようになれば、護衛官もまずは認めてくれるだろう。あんたのニカヤ語を『理解できないふり』なんてされずに済む」

「なんという言葉でしょう」

老人は大きく息を吸い、ひといきに言った。

「クソはクソらしく、便所にそのデカいケツを嵌《は》めてな」

早い。エスメは眉を寄せた。

「もう一回お願いします。くそ……なんですか？」

「クソはクソらしく、便所にそのデカいケツを嵌めてな、だ。こいつは敵だと思ったやつに、威勢良く言うのがこつだ。この国は物騒になった。よく覚えておくといい。俺はもう行くよ、孫が迎えに来るんだ」

「あ、あの、お名前は」

ひらひらと手を振って、彼は去っていく。高齢のはずだが、足取りはしっかりとしている。追いかけようとしたら、馬車がさえぎって、見失ってしまった。

「なんだか、すごい人だったな……」

くそはくそらしく……口の中でもごもごつぶやいていると、交代の護衛がやってきた。

あざやかな赤の蝶が眼前を横切った。

＊

マノリトは目を閉じた。

懐《なつ》かしい記憶が、奔流《ほんりゅう》のようによみがえってきた。

乳母《うば》のシュロの腕の中で、マノリトはまどろんでいた。母のヘラルダは手鏡をのぞきこみ、女官たちは彼女の髪を丁寧にくしけずっていた。

「マノリトはいるか」

クルト王がたずねてくると、女官たちはいっせいに壁に背をつけた。

「陛下、突然のおたずねは困りますわ。おもてなしのご用意ができておりませんの」

ヘラルダがおっとりと言うが、クルトはきりきりとした声をあげた。

「父親が息子の顔を見に来て、何が悪いというのだ」

父はこの頃からすでにおかしかったのだと思う。

ちょっとしたことで機嫌を損《そこ》ね、頻繁に独り言を漏らし、爪をかじっては指先を血だらけにした。父の上着の袖には、いつも赤茶のしみがついていた。

けれど、ひとり息子のマノリトのことは誰よりも愛していたし、愛していたからこそ葛藤《かっとう》はひと一倍であったのだろう。

ヘラルダは笑みを浮かべ、言い返すこともせずに髪につける香油を選んだ。言い争いはしない。するほどの関心を、夫に持ち合わせていないのだ。

「マノリトや、おいで」

シュロの腕からマノリトを受け取ると、クルトは穏やかな顔になった。シュロがはらはらとした様子であるのを、マノリトは感じ取っていた。危うい精神状態のクルト王に幼子を任せるのは心配でたまらない、といった心情を隠せていない。

そう、シュロは正直な女だった。感情をあらわにすることをおそれなかった。

マノリトは逆に、自分の意志を表に出すことが苦手であった。思えば、父があなるずっと前から、そうだったのかもしれない。母のヘラルダには感情などないも同然であったし、父は父で、逆に感情に振り回されていた。そんなふたりから何を学べたというのだろう。たとえどんなに小さなことでも、意志を示すのはマノリトにとって難しかった。

シュロは提案した。

「マノリトさま、陛下とお庭を歩かれますか?」

「……うん」

シュロがいるときだけは違った。

マノリトがなにかをすると、「よいこと」か「そうでないこと」かをことさらはっきりと言った。マノリトの善悪の基準はシュロによって育てられた。

後に戴冠し、シュロがいなくなって初めて、マノリトは感情の身動きがとれなくなるとはどういうことかを知ったのだ。

「そうか、マノリトよ。父と散歩をしに行こう。今日は一日中歩いても構わないくらいだ」

「クルト国王陛下、お時間はよろしいのですか……」

シュロはなにかをもごもごと言いつのっていた。今日は国民議会が開催される日である。本来ならば、王は議事堂にいなければならないはずなのに。

「今日の議会はなくなったんだ。辛《つら》くて敵《かな》わぬ。私がひとつ答えれば左の民は大喜びし、右の民は不平不満を口にする。こうして家族と過ごせるときが私の唯一の幸せなのだ」

父の表情はみるみる硬くなる。

クルト王は、運のない男だった。国難が降りかかり、そしてそれらは新たな問題を呼び、長期化した。片付けても片付けても次の議案が生まれるというありさまだった。

「お前が王になる頃には、こんな時代から抜け出せていればよいのだがな、マノリト」

庭へ出ると、蝶が飛んでいた。ひらひらと美しく、気まぐれに思いのまま。

――このときが、ずっと続いていけばよかったのだろうか。

いつか父は崩壊する。それがわかっていたからこそ、危うくも形を保っていたこの親子関係が存在していたこのときは、マノリトにとって優しく残酷な時間であった。

記憶の場面は転換する。

家臣たちの耳障《みみざわ》りな声が、マノリトの頭に響き渡る。

クルト王か、マノリト王子か。周囲はふたりを放っておいてくれない。

父はそのうちにマノリトに対して、愛故《ゆえ》の憎しみを抱くようになる。

(父上の亡骸《なきがら》を見たとき、僕はほっとしたんだ)

解放されたような、安らかな死に顔だった。


時は流れ、現在。

——雨の音がする。

雨季だ。しめった空気の重たさ。季節の移り変わりが、マノリトを正気に戻させる。

窓をびりびりと揺らすような、激しい雨が降り続いている。

ああ、そうか。今の僕は六歳で、外は通り雨の真っ最中で、今は朝議の途中だった。

「マノリト王」

マノリトはゆっくりとまばたきをした。そんな所作《しょさ》のひとつひとつすらも見逃さないと、ディルクは彼に合わせるようにして、みずからもまばたきをしてみせる。

マノリトがぼんやりと視線をさまよわせると、ディルクはほっとしたように息をついた。

「マノリト王。こちら捕鯨組合から上がった、減税の訴えでございます」

げんぜい。ぜいきんをへらす、ということだ。民が苦しんでいるというのなら、なんでも首を縦に振ってやりたくなる。しかしそういうわけにはいかない。あちらで首を縦に振ったなら、こちらでは横に振らなくてはならなくなる。

あちらにもこちらにもいい顔はできない。王だから。話せずとも、マノリトはそれをよくわかっている。王に「揺らぎ」は必要ない。揺らいでばかりいた父は、最後に命の灯火《ともしび》を、みずから吹き消してしまった。

「減税するわけにはいきません。住まいを失った者、職を失った者、いまだに病気の後遺症に苦しむ者がいます。浮浪者の数も増えて、まかないきれない。彼らは島のあちこちに勝手に住居を建て、居座り続けています。大規模な避難施設を作る予定ですが、建設費と維持費は莫大《ばくだい》なものとなります。クルト王の財産はすでに換金済みで――」

「美術品がまだ残っています」

ザカライアが、ふりしぼるようにして言った。

「競売にかけてはいかがでしょう。マラン王時代のものなど、貴重な品も多い。ひと思いに手放せば、相当な金額になります。焼け石に水かもしれませんが、その水もないよりは――」

「ふん、ご自身の作品でも売る気かね。捕鯨組合のヨナスすら説き伏せられないご自身に嫌気がさして、画家として名を成すことにしたのかな?」

ザカライアは趣味で絵を描く。クルト王が彼の腕を買って、いくつかの絵を王宮に飾っていたのだ。

「言葉が過ぎるぞ、アテマ大臣」

　ヨアキムは腕を組み、がなるように言う。

「我々は王の家臣として意見を述べているのだ」

「美術品を競売にかけるのは構わないが、大々的に行うわけにはいかないのでは？　ニカヤ王宮の絢爛《けんらん》豪華さは国の栄華《えいが》の象徴ともなっている。とうとうそこに手をつけたか、と周辺国に勘づかれては……ニカヤの経済が傾いていると宣伝するようなものだ」

「いまさらではないですか？　我が国の経済が悪化の一途をたどっていることは火を見るよりも明らかでしょう」

「それこそ、内情を知っているイルバスの王がすべてを購入してくれる、というのならまだわかるのですがね」

　ディルクは含んだような物言いになった。

　なりゆきを見守っていたベアトリスが口を開く。

「残念ながら、その余裕はございません。我が国も貧しい地域がございます。個人的に欲しい絵はいくつかありますけれど」

「わざわざ購入する必要などないということでしょうか」

　ディルクは顔をゆがませる。マノリトは彼の様子をじっと見ている。

彼の言いたいことを、マノリトは想像する。

イルバス女王の私的な財産を動かさずとも、僕を手中に収めてしまえば、絵の一枚どころか、この国のすべてを手に入れることが可能なのだろう、と。

おそらくベアトリスにその気はないのだと思う。その気があればわかりやすく僕を懐柔《かいじゅう》する。母親を気取り、ただ甘やかし、僕を「考えられない」人間にする。ディルクはそのことがわかっていない。わかっていたとしても、わからないふりをしている。ベアトリスの存在は、ディルクにとってなによりの脅威だ。己の立場を危うくさせる。

――僕がこんなふうに思っているとは、言えないけれど。

あちらにいい顔をして、こちらにもいい顔をする。それは王にはできない。だから言葉を出せない。そのひとことが誰かを喜ばせ、同じひとことが誰かを打ちのめすから。

父は言葉によって壊された。

それがマノリトにとって、なによりの心の傷になっていた。

シュロはもういない。マノリトは、「壊れない」言葉をひとりで選び取ることができない。

「税金は据え置き。しかし徴税期間を改めようかと思います。こちらの三つに案をしぼりました。私としては来年夏までの時期が最適かと――」

来年夏。国民はそれまで持ちこたえられるだろうか。漁師たちが祖国に愛想をつかし、船に乗ってどこかに旅立ってしまったら。鯨が捕れなくなれば、それだって時間の問題である。海の男はひとつところには留まらないから、好条件で引き留めなくてはならない。彼らを海賊にさせないためにも。

かといってもっと早くに期間を定めてしまったら、そうそうに新たな財源を見つけなければならないことに……。

——考えたくない。

わかっている。僕には考えないという選択肢もあるんだ。すべてをディルクやベアトリスに任せ、子どもらしく、ローガンに守られていればいいんだ。

こういうとき、シュロならなんて言っただろう。

「マノリト王？」

「顔色が悪いわ」

ベアトリスが険しい顔をして、エスメに指示を出す。

「アシュレイル女史。マノリト王を私室へ。医師と女官を呼んで」

「は、はい」

「今日の朝議はここまでとしましょう」

ベアトリスがマノリトの手を取る。いつかのシュロの手みたいだ。そのあたたかさに懐かしいものをおぼえ、マノリトは思わず手を引っこめた。

ベアトリスは驚いたような顔をしてから、めげずにマノリトの手を握り直した。

*

するどい銃声が鳴り響いた。

イザベラ王太后《おうたいごう》の離宮《りきゅう》に位置する、通称占いの館——現在は、国王アルバートの婚約者、クローディアの住む屋敷である。

「筋がよろしいですね」

アルバートの王杖、ウィル・ガーディナーは手を叩いた。

「実際に狩りができないのが残念ですが」

「いたしかたないことですわ。眼帯があっても、わたくしが昼間に野外で長時間活動するのは……」

アルバートは行儀悪く頰杖をついて、クローディアの銃の訓練を見守っている。

なぜ俺がテーブルで居残りなのだ。おかしいんじゃないのか。いらいらと足踏みをする。

「そんなものを振り回してどうする。もっと遊ぶならばいろいろとあるだろう。仮面舞踏会なんてどうだ。それか熊いじめ。お前のために松明《たいまつ》をたっぷりと焚《た》かせて、真夜中の熊いじめにしてもいいぞ。劇団をまるごとひとつ呼び寄せて、好きなだけ歌劇を見せてやるともできる。ふたりのための劇を——」

「あら、弾が詰まってしまいました。どうやって取り出したらよいのですか、ガーディナー公」

まるで聞いていない。銃の不具合くらい俺が見てやると言いたくなる。ウィルと目が合った。視線が語っている。「やれやれ陛下、また無視されていますね」とでも言いたげである。

しゃくなので、クローディアが自分の不機嫌に気がつくまで、放置することにする。

信じがたいことに、婚約者のクローディアは、アルバートとふたりきりになりたいという気持ちが皆無なのである。

クローディアと過ごすとき、そこには必ずイザベラがいて、ウィルがいて、しまいにはなぜかサミュエルがいるという始末だった。いつだったかの茶会、クローディアの方から誘いがあったので勇んで参加したものの、先に席に着いていたのは弟だったのである。

クローディアいわく、サミュエルは将来の義弟《おとうと》になるので、もっと仲良くなりたくて茶会に呼んだそうだ。

彼女なりに気遣ってのことだろう。イザベラ王太后は、サミュエルに会いたがっている。

これまでの経緯《いきさつ》を考えると、ふたりきりで会わせるわけにもいかない。

（サミュエルと母上の間を取り持つという名分があるから、俺もやめろとは言えないが……）

イザベラの執着と、反発するサミュエル。このふたりの仲はもはや修復不可能なのではないかと思ったほどである。少なくとも、アルバートやベアトリスがこの問題に表立って口出しすることはできなかった。

サミュエルとて、母親とうまくいかないよりは、ほどよい関係性を保てた方がよい。それはアルバートもよく理解している。その点につき、クローディアはアルバートの将来の伴侶としてでき過ぎているほどにできている。

しかし、周囲への気遣いばかりを優先して、肝心なことが抜けている気がする。たまにはもう少し、ふたりきりの逢瀬《おうせ》というものに価値を見いだしたらどうなんだ。多忙な俺がこうして時間を割いてやっているというのに。

「お日さまが出たら休憩しなくてはならないのが残念ですわ」

クローディアは嘆息する。太陽の光を厭う左目は、彼女の行動を制限してしまう。

「銃は俺が撃つ。お前は王宮でおしとやかにしているのが仕事だ」

「最近サミュエル陛下と家臣の方々が、銃や剣の鍛錬により力を入れているそうですの。わたくしも話題のひとつでも、ご提供できればと思いまして……」

「情報が早いな」

王杖を旅立たせてから、サミュエルは苦手な分野にも手を伸ばすようになった。

——王杖を守れなかった責任を感じているのか。

エスメ・アシュレイルが国を出なくてはならなかったのは、彼女が若い女性だからというだけではない。彼女を王杖にすることを配下の者たちに納得させられなかった、王のふがいなさも一因である。

（それがまったくわからぬ弟ではない）

むしろ人一倍そういったことを気に病《や》みそうである。アルバートは挫折《ざせつ》を味わった経験がほとんどないが、自分の存在が弟に多大なる影響を及ぼしてしまったことは自覚している。常に兄や姉と比べられる人生。彼の戴冠はそもそも不利だった。王杖が女では、支えきれない。

「サミュエルが今さら銃か。俺が教えてやろうとしても断るだろうな」

兄さまの手助けなんて、と意固地になる弟の顔が見えるかのようだ。

ベンジャミン・ピアスが弟のわがままとかんしゃくの被害に遭いながらも、懸命に彼を助けようとしているらしい。

「あっ」

クローディアの手から、銃の部品がぽろりとこぼれた。

「ガーディナー公、引き金が取れてしまったのですが」

「……わかりました。これは一度下げさせます」

「取れてもいい部品なのですか?」

「けして取れてはいけない部品です」

クローディアに精密な武器の扱いは無理である。彼女の常軌を逸した怪力は、体力自慢の男顔負けだ。

「銃を使って狩りなどせずとも、素手で動物の頭蓋骨を砕いた方が早いんじゃないか?」

「まあ、陛下。いくらわたくしでも、そこまで素早く動けないですわ。うさぎや鹿みたいにすばしこい動物を捕まえることはできません」

——そういえば、この女は足も速いんだったな……。

もはや運動能力では彼女に勝てないのではないかと一抹《いちまつ》の不安がよぎったが、アルバートは考えないことにした。軍事の長がこの一見かよわい元シスターに負けているなどという事実があってはならないのである。

「でも、心配ですわね。サミュエル陛下、無理をなさっておいでのようですもの」

「無理?」

「たびたびお熱を出されているそうなのです。イザベラさまを過度に心配させてはと思い、黙っていたのですが……先日クリス・アシュレイル卿《きょう》が、一生懸命お薬の調合をされていたので、わたくしもご一緒させていただきました」

エスメの双子の弟、クリスは頭脳明晰で将来有望な青年ではあるが、「げっぷ」の癖《くせ》が玉に瑕《きず》である。そういえば薬草学や医学について明るかったな、とアルバートはひとりごちた。修道院で治療薬を作り続けていたクローディアとは、意気投合するかもしれない。

「シオン山脈で採《と》れる熱冷ましの薬草に大変興味を持っておいででした。サミュエル陛下の不調はもちろん侍医《じい》にお任せするのが一番ですが、ものはためしと思いますし……」

アルバートはもはや彼女の話を聞いていなかった。

クリス・アシュレイルは独身だったな。まああのひどい癖がある限り、色恋沙汰に発展することはないと断言できるだろう。大丈夫だとは思うが、とにかくクローディアは権力や財力とか、わかりやすい価値になびく女ではないので、相手がたとえ犬猫であっても油断は禁物である。なにせ権力と財力の象徴である自分と「これから恋に落ちる」予定らしいのだ。まったくもって理解できない。

「陛下？　わたくしの話を聞いていらっしゃいますか？」

「ああ。もうサミュエルのことは侍医でもげっぷにでも何でも任せて、お前は一切手を引け。以上だ」

「でも……」

「それからクリス・アシュレイルと暇潰《ひまつぶ》しをしている時間があるなら、他にやるべきことがあるとわかるだろう。婚約式の挨拶の草稿はどうした」

「それは今、イザベラさまに添削《てんさく》をしていただいておりまして……」

「大人げないですよ、陛下」

ウィルは残念そうに言う。

「嫉妬は男を下げますよ」

「うるさい」

「それにしても、サミュエル陛下がよくならないことには婚約式どころではございません」

アルバートはため息をついた。このことはあまりうるさく言うのはよそう。ウィルの言う通り度量の大きさを見せるべきときである。

「ときにニカヤのことだが」

アルバートは話題を変えた。

妹のベアトリスから手紙の返事が届いた。彼女にしては長めの、そして言い訳がましい手紙。ニカヤ国内の情勢は厳しく、今度のイルバスの議会には帰国できそうもないというもの――。

「トリスはかなり苦戦しているようだな」

「ローガンからも、あまりいい報告はあがっておりません」

いまだにしゃべらず、心を開かない幼君。

ウィルは思案顔になる。共同統治の王が、長いこと玉座を空けたままにすることは好ましくない。ベアトリスもまめにイルバスに帰国できると思ったからこそ、ニカヤ行きを決意したのだ。

「いかがしますか」

「いかがもクソもない」

これ以上イルバスの王は介入できない。ベアトリスひとりの手腕でやり抜くほかない。

「マノリト王は……お母さまはいらっしゃらないのですか？」

クローディアは心配そうに言う。

「お父君は亡くなられたと聞いております。王太后は……」

「まあ、うちの母上よりも厄介だ」

「イザベラさまは厄介なお方ではございませんわ」

そう言うのは彼女くらいのものだろう。しかしアルバートはもはやクローディアの言葉を拾うことはしなかった。彼女と出会えたのはイザベラのおかげであるので、母親のことをあまり悪くも言えないのだ。

「トリスを目の敵《かたき》にしている男がいるらしいな。ニカヤのなんとか……」

「ディルク・アテマはマノリト王の母方の伯父《おじ》です。ベアトリス陛下さえいなければ、摂《せっ》政《しょう》は彼に任されていたはず。ベアトリス陛下のことを目の上のたんこぶのように思っていらっしゃるでしょう」

アテマ大臣やその一派と、イルバス女王ベアトリスについた者たちに王宮は二分されている。そしてそのどちらにもつかない第三派。

「王がひとりしかいないのなら、王の心は八つ裂きになりそうだな」

ウィルは部下から新しい銃を受け取り、注意深く検分する。

「普通は王がひとりしかいないんですけどね」

「そう。俺は普通でいいと思っている」

「まあ。王が三人いるところが、イルバスのよいところではありませんの」

ほのぼのというクローディアののんきさに、アルバートはため息を漏らす。祖母、アデールも同じように考えて、この厄介な仕組みを作ったのだろうか。彼女がどういった気持ちでこの制度を後の世代に託したのか、いまだにその真意は明かされていない。

臨終の際、寝台の上で……夫エタンに、この遺言を託したのだという。彼女の産んだふたりの兄妹もそれを聞き、忠実に従った。

エタン王配は知っていたはずだ。この決まりを作ったアデール女王の本当の意志を。

「王はひとり。そしてその王が鳴かぬなら、別の王を立てるしかない」

「アルバート陛下」

クローディアの紫の瞳が、不安そうに揺れる。眼帯の下の金色の瞳も、同じように不安の色を宿しているだろう。

「ニカヤは、どうなってしまうのでしょうか。陛下の勘では……」

「俺の勘は俺のことにしか働かん」

「まあ、そうなのですか？　ではわたくしが今なにを考えているのかもわからないということですの？」

「便利な占い師と一緒にするな」

クローディアは片方の目をぱちぱちさせて、こっそりと言った。

「次は陛下に銃の撃ち方を教えてもらいたいと思ったのですわ」

「……」

アルバートは、銃を手にして立ち上がった。

＊

マノリト王が倒れた。

家臣たちは、王のベッドのそばに立ち尽くし、亡霊のように見下ろしている。エスメはその姿にぞっとしたものを覚えた。

（まるで臨終の王を見守るような……）

自分もそのひとりに加わることがおそろしく、彼女は一歩離れた場所からその様子を見守っていた。

「王の熱はあがる一方ですね。どうしたらよいのでしょうか……」

焦った様子のローガンに、エスメは思い切って口を開いた。

「我が兄が作った、解熱用のお薬があります。試されてはいかがでしょう。予備を持たされていて……」

「その薬がマノリト王の体に合うとは限らないだろう」

アテマが低い声で言う。

「実際に薬を試したことがあるのかね。マノリト王のお身体になにかあったらどうする」

「えっと、同じ薬は私が船の中で飲みました。体調を崩したときがあったので……でも大丈夫ですよ。私が幼い頃から飲んでいるものですし」

「イルバスの片田舎《かたいなか》の娘と、我が王の体を同じものとして扱わないでいただきたい」

確かにエスメは令嬢のくせに野育ちのようなものだったので、そう言われるとなにも言い返すことができなかったのだが、それにしたって悪意はわかりやすいほどであった。

ベアトリスはただ王をながめ、ギャレットは心配そうにこちらに視線をよこしている。

ローガンはおろおろするばかりだ。

（い、言われっぱなしじゃだめだ。私がなめられるのは、サミュエル陛下も同じようになめられているってことなんだ）

エスメはできるだけ意識して、強い口調で言った。

「我がスタージで採れる薬草は、さまざまな薬効がありイルバスでもその効果を見直されています。先日もアルバート陛下の婚約者、クローディアさまと我が兄が新しい薬の研究に取りかかっていると報告を受けております。古いやり方にばかり頼っていては、治るものも治らないのではないですか」

アテマの目に、油断ならない光が宿る。

「失礼。アシュレイル女史のニカヤ語はまだ不完全ですな。よく聞き取れませんでした」

経験から、エスメは理解していた。おそらく文法が正しくないにせよ、エスメの意図は伝わっているのだろう。気に入らないと言わんばかりの表情が、その推測の正しさを物語っている。

――これで、完全に目をつけられてしまったかも……。

でも、良いんだ。言うべきことは言ったんだから。

むっつりとした顔のエスメに、ベアトリスはくちびるのはしをあげてほほえんでいる。かたわらのギャレットが憂鬱《ゆううつ》そうな表情を隠そうともしないので、エスメの方がおかしくなってきてしまった。

（ああ、なんだっけ、街でおじいさんから教えてもらった『偉大なるお言葉』。あれを言ってやればよかったのかも。帰ってから書き取ったのに、いまやすっかり忘れてしまった……）

そのとき、寝台の中でマノリト王が身じろぎをした。

「マノリト王」

彼は口をはくはくと動かした。

「なにかお話しになるのかも」

静かにするようにと、ベアトリスがくちびるにひとさし指を当てる。

マノリト王は腕を上げ、ローガンを指さした。

「ぼ、僕ですか」

おろおろとローガンが近づくが、マノリト王はなにもしゃべらない。護衛官に近くにいてほしかっただけなのだろうか。

それから、彼は指先をエスメにうつした。

「はい、マノリト王」

エスメが返事をすると、マノリト王は右手を上げ、払うような仕草をした。

「他の者は、出ていった方がよろしいのですね?」

ベアトリスの言葉に、マノリトはうなずいた。しゃべりはしなかったが、久方ぶりに王が意志を示した瞬間だった。

「マノリト王。イルバスの家臣だけここに残されるおつもりですか」

アテマは片眉を上げる。

「以前から父王に仕えていた家臣のことをお忘れか。マノリト王、成長したあなたを支えていくのは私たちなのです。ローガン・ベルクもエスメ・アシュレイルもパルヴィア伯も……ベアトリス女伯も永遠にあなたのそばにいるわけではない。どうか思い出してください。我々の献身を……」

「アテマ大臣。マノリト王のお身体に障《さわ》ります」

ギャレットが言うと、アテマはこぶしをにぎりしめた。

「マノリト王。出過ぎたことを申しました。この場は失礼させていただきます」

家臣たちがつぎつぎと部屋を出ていく。残されたローガンは心許《こころもと》なさそうな顔で、マノリト王を見ている。

（そうだよね。なぜ王が自分を指名したのか、わからないんだもの……）

以前からマノリトのそばにいたローガンならまだしも、エスメにいたってはまったく理由がわからなかった。それでも王に望まれたならそばにいる。――それは、王杖の性《さが》なのかもしれない。

「マノリト王。飲み物をお持ちいたしますか？　口をしめらせた方がいいですよ」

ローガンはかいがいしく世話を焼く。彼の腰帯には、赤い蝶の飾りがぶら下がっている。

（あのときも、蝶……）

そしてエスメは、はっとしたように自分の胸元に手を当てた。ニカヤの装束《しょうぞく》は、胸元がざっくりと開いている。がっしりとした体躯に浅黒い肌のニカヤ人だからこそ似合う装《よそお》いであったが、華奢《きゃしゃ》で白い肌のエスメが身につけると、なぜだか少しなまなましくうつってしまう。

困惑《こんわく》している彼女に、ベアトリスがみずからのアクセサリーをひとつくれたのだ。

「私は、お兄さまからいただいたアデール女王の形見があるの。それをいつもつけることにしているから、余計な装身具は不要なの。あなたが持っているといいわ」

蝶をかたどった、その首飾りに触れた。

蝶は、王にとってなにか意味のあるものなのだ。

(私たち個人ではなく、蝶に反応されたんだ……)

王の部屋を見回してみる。だが、それらしきものはなにもない。蝶の標本とか、蝶をモチーフとした何かとか。本人に聞いてみても、おそらく答えないだろう。

「体を起こしますね。気をつけて飲んでくださいね——……」

女官すらも下げてしまったので、ローガンが手ずから王に水を与えている。世話をする口実を与えられたことが、彼はうれしいようだ。

本当は、弟のようにかわいがりたかったのかもしれない。相手が国王であること、己がイルバスから来たということで、思うようにふるまえはしないけれど、ローガンはいつでも一番マノリト王に甘かった。

蝶。蝶。蝶……。

エスメは目を閉じて、考えた。まなうらに、色とりどりの蝶が楽しそうに舞った。ニカヤではありそうな光景だ。イルバスではめったに見かけないけれど、ニカヤ王宮の庭にはさまざまな色の蝶を見かけた。

「……少し、お庭を見てみますか。マノリト王」

その発言に、ローガンは迷ったような表情を見せる。

「でも、まだマノリト王の熱は下がっていないですよ。無理をさせてなにかあったらベアトリス陛下のお立場が……」

「風に当たった方が、気持ちがよいですよ。熱のせいで頭痛がしているなら、それで気分がよくなることもあります」

「そりゃ、イルバスの風は冷たくて、熱が出ているときに窓を開けると生き返ったような気持ちになりましたよ？　でもニカヤの風は生あたたかくて……」

マノリト王はぼんやりとエスメを見つめている。エスメはベッドのそばにしゃがみ、王に背中を向けた。

「王、こちらへ。おぶさってください」

「えっ」

ローガンはおろおろとしている。

「私が王を運びます」

「またアテマ大臣がなんて言うか」

王はエスメの背中を見つめていた。それから、困ったようにローガンを見た。ローガンは合点《がてん》がいったような顔をする。

「たぶん、マノリト王はどうやっておんぶしてもらえばいいのか、わからないんじゃないかと思います」

「え？」

「僕がここに来たとき、誰もマノリト王のことをおんぶなんてしていなかったし、移動は輿《こし》が基本ですから。ものすごい赤ちゃんのときならまだしも……マノリト王をよく僕が抱き上げているでしょう。あれも乳母とクルト王しかやったことがないらしくて、すごく驚かれてしまいました」

王を荷物のように扱うとはなにごとか——。一度王を抱っこしてあちこち歩いていたら、かんかんに怒ったアテマ大臣にどやされたのだという。

（そういえば、私は子どものときにふざけてクリスとおんぶし合ったことあったけど……）

やんごとない身分の方々はそういった遊びはしないのだろうか。山での木の実採りの帰り、疲れて歩けなくなったエスメを、クリスはよく背負って歩いてくれた。

「そのこと、ベアトリス陛下はご存じだったんですか？」

「そのことって」

「あの、マノリト王を抱っこしてアテマ大臣に叱られたことです」

「お兄さまはサミュエルをよく抱き上げていたわよ、とだけ」

　病弱だったサミュエルは、無理をするとすぐに熱を出した。また、かんしゃくを起こして暴れたり、むずかったりもした。そのたびにアルバートが、ひょいと弟を抱き上げていたのだという。ベアトリスは兄の背中越しに、むっすりとした顔をするサミュエルを見て、よく笑っていたのだとか。

「今の三人の王を見ると、そんな時代もあったのかと思うような話ですね」

「そう。今は三人それぞれが、責務をまっとうする王であらせられるからね」

　懐かしい子ども時代。戴冠前のそのときは、彼らにとって、もうけして戻ってはこない大切な時間だったのかもしれない。

　マノリト王にきょうだいがいたら、このような状況になっていなかったのだろうか。それともきょうだいがいることで余計な争いが生まれたのだろうか。

「でも、アルバート陛下とサミュエル陛下の関係性だから……。臣下が王を抱っこするのは確かにちょっとおそれ多いかも……」

　ふたりは顔を見合わせ、考えこんだ。それからエスメはにぎりしめたこぶしで、もう一方の手のひらを打った。

「マノリト王、私は輿です」

マノリト王は、一瞬眉を寄せた。

「私は輿なので、遠慮なく乗ってしまってください」

「なにを言いだすんだ」

ローガンはエスメの思うところがわからないらしく、ぽかんとしている。

「私の背中に、えいっと飛びこんでみてほしいんです」

エスメが背を向けたまま、辛抱強く続ける。

「大丈夫です。私は輿だから。輿に意志はないんです。なにも思いません。なにも感じません。なにも気兼ねする必要なんてありませんよ」

――ちゃんと伝わっているだろうか。

イルバス語で言い直そうか。マノリト王ならわかるのではないか。そう思ったそのとき
――マノリト王は、だるそうに腕を伸ばした。そしてエスメの肩にふれたのである。

ローガンがはっとしたように、王を支えた。エスメは溶けそうなほどに熱くなった王を背負い、立ち上がった。


ふわふわとする。

宙を舞っているかのようだ。蝶のように。

マノリトはエスメの背中に体を預けた。このように無防備な姿を晒せば、どのように思われるか、マノリトはもうわかっていた。

甘えるな。お前は王だ。父の代わりに、ニカヤを導く存在だと。

一方で、マノリトが子どものままでいることを喜ぶ者もいた。王はまだお小さいのです。大人の導きは必要不可欠……そう口にするのは決まって、ディルクのようなわかりやすい男であった。

王に甘えは必要ない。王には親も友人も必要ない。ニカヤのすべてはマノリトのものであり、ニカヤのすべては永遠にマノリトのものにはならない。おぼろげでいびつな存在。それが王。この世に肉体を与えられた人間でありながら、扱いはまるで人間のそれではなく、もっと象徴的な存在でいなければならないのだ。

「少し庭に出てみましょう、マノリト王。きっと星がきれいに見えますよ」

――星。

いつから、ながめることなどなくなったのだろう。

ニカヤの夜は特別に美しいというわけではない。宝石のようにまぶしいのはいつだって昼だ。金銀を散らした布が波打つかのようなにぎやかな街並みや、朝焼けを受けた海の宝石のようなきらめきが、ひときわ美しいとされていた。

「夜空はどこの国でもきれいですよね。私、ニカヤに来てから毎晩ながめているんです」

エスメはわくわくしたように言うと、マノリトを背負いなおした。

白亜の階段を降り、真夜中の庭園へと向かう。雨はすでにやんでおり、月明かりに照らされて、水たまりが三人を映し取っている。噴水から慈雨のように降り注ぐ水の、さらさらとした音に耳を澄ませた。目をやれば、水に浮かんだ花が柔らかな明かりによって照らされている。マノリト王が庭へ出たことを知って、庭番たちがあわてて火を持ってきたのである。

「ほら、空を見上げてください。こんなきれいな庭で、ぼんやり星をながめることができるなんて、すっごく贅沢だと思いませんか」

エスメはもう一度、マノリトを背負いなおす。

──ローガンに、僕を預ければいいのに。

彼もそう思っているのか、エスメの周りを手持ち無沙汰にうろうろとしている。

エスメ自身、誰かを背負うことに慣れていないのだろう。けして自分から交代を申し出ないのは、まだニカヤ語が十分でないから、彼女なりの行動でマノリトに歩み寄ろうとしているのかもしれない。

「太陽はまぶしくて、見つめることができないでしょう？　でも星はちがう。遠くで小さく輝いて、きらりと照らしてくれます。太陽とは見つめ合えないけれど、星とは見つめ合えるんです。太陽は焦がれるけれど、星は愛《いと》おしい」

エスメはいつの間にか、イルバス語になっていた。これは独り言なのかもしれない。マノリトが理解できなくても構わないと思っているのだろう。だがニカヤの王族たちはイルバス語の習得に力を入れている。マノリトも例に漏れず、母国語と同じくらい、イルバス語をたしなんだ。

「ベルトラム家は、太陽の一族と言われています。曇り空のイルバスを導く空の明かりとなるって……まぶし過ぎて、まっすぐに王を見ることが叶《かな》わないから、届かない声もあるんじゃないかと思うんです。ニカヤの国民議会はすごいですね。王がとても近い」

――そう、ニカヤ国民にとって王は身近だ。もとは流民が寄り集まってできた小さな国。昔は国の形すらとっていなかった。

（近いからこそ……口に出せないことも、あるんだ）

マノリトはエスメの肩をぎゅっとにぎりしめた。

「国民議会を始めたニカヤの王は、太陽ではなく、星でありたかったのかもしれないですね」

エスメの言葉に、マノリトはまばたきをした。

太陽ではなく、星に。

「太陽が近くまで降りてきたら、人々は焼かれてしまいます。だから星のようにひそやかに、あたたかく、国民を守りたかった。きっとそうなんじゃないかな」

「アシュレイル女史、けっこう詩人ですね」

「あはは、それほどでも……」

ローガンの言葉に、エスメは照れたように笑う。

「サミュエル陛下の影響かも。よくご本を読まれていて。いつも私のこと、情緒《じょうちょ》が欠けているっておっしゃるんです。そのせいか詩の本も、王杖就任前の準備期間に送っていただいた教養の本の中にたくさん入っていました」

「へえ、どんな作品ですか？」

「『とある貴婦人への花束』とか『嘆《なげ》きの丘を歩いて』とか」

ローガンは感心したようにうなずく。

「それ、僕でも知っていますよ。大陸で有名な詩人の作品集ですよ。詩ひとつで王女を恋に落としたとかいう……サミュエル陛下、やっぱりアシュレイル女史のこと……」

「あれって恋の詩だったんですか。てっきり愛国心をうたったものかと……」

ローガンは絶句している。マノリトはおかしくなってきて、エスメの肩に顔をうずめた。

「あれっ、マノリト陛下、いかがされました？　お熱が上がっちゃったのかな」

「部屋に戻りましょう。でも、お顔の色はちょっとよくなりましたね。やっぱり内にこもってばかりだと気分が塞《ふさ》ぐだろうから、体調が戻られたら外での活動時間を長くしてもらえるよう、パルヴィア伯にかけあってみます」

マノリトの額《ひたい》に浮かぶ汗を拭《ぬぐ》い取り、ローガンはエスメから彼を受け取った。

視点がいちだんと高くなる。マノリトはローガンの肩につかまって、見慣れたはずの庭をながめていた。輿の上や玉座の上、マノリトは誰よりも上から周囲を見下ろしていなければならなかった。


エスメやローガンに背負われたとしても、高さの違いはたかが知れている。だが目線が違うだけでこうも景色は違うようにうつるのだと、彼は初めて知ったのだ。

ローガンは、我が子をあやすようにしてマノリトを揺らした。

「マノリト王、楽しそうですね」

「マノリト王が楽しそうにされているの、わかるんですか？」

「なんとなくですけど……」

そう、この男はわかっている。僕が少しだけほっとしているとき。以前のように……父が生きていて、僕に優しくしてくれていた頃のような気持ちになるとき。波が高まるようにそれは一瞬だけやってきて、すぐに引いていってしまうのだけれど。

その高波が、ずっと僕の中でたゆたっていてくれるなら、僕は穏やかな気持ちでいられる。だが波は、呑みこんではいけないものも平然とさらってゆく。だから僕は凪《な》でいるしかない。強くないから。

星のようにきらめく波を、僕は生み出すことができるのだろうか。

＊

「状況はかんばしくありません」

ギャレットはベアトリスに、厳しい目線を向ける。

赤の陣営の定例会議は、日を追うごとに明るい話題がなくなってゆく。

「ニカヤ南方地区で、大規模な集会が行われました。国民議会に対する反発が主ですが、長いことマノリト王がお姿を見せていないことに対する、政府への不信感が日に日に高まっています。そろそろ王に公式の場へ出ていただかないことには……疑念が疑惑を生み、手のつけられない状況になるかと」

「――わかっているわ」

ギャレットが各地に放った間諜たちは、みなうれしい知らせなど持ってこない。よくて現状維持、あとは大抵が状況の悪化の報告である。

彼は頭を抱えたくなった。マノリト王に心を尽くしてお願いし、輿の上から手を振ってもらうくらいなら可能であろうが……。

「マノリト王から、国民にひとことでも言葉をかけていただかなくては意味がない」

ヨアキムが、この場にいる全員のため息というため息を集めたかのような、盛大なため息をついた。

「もう俺やザカライアの言葉だけでは、国民は納得しないぞ」

「しかし国民の言いなりになって財政を破綻《はたん》させるわけにはいかない」

ザカライアは厳しい声を上げる。

「またディルクがうるさいぞ。なんとか手を打たなければ」

「あの人にはまいりますね。いっつも俺を小汚い犬でも見るような目で見てくるんです」

ローガンが、そう愚痴をこぼす。

「マノリト王の様子はどうなの、エスメ」

「……はい、陛下。あの……マノリト王は蝶がお好きみたいなんですけど……」

「蝶？」

「なにか、心当たりをご存じないですか？」

「マノリト王の乳母のことではないかしら。彼女の名前がニカヤ語で、蝶という意味よ。シュロと発音するの」

シュロ……。

マノリト王は、乳母のシュロを求めているのだろうか。

「ちなみに、その乳母のシュロさんは今どちらにいらっしゃるのでしょうか」

会いたいんじゃないかな、とエスメはもごもごと口にする。

　王はまだ六歳。乳母が恋しくなって当然なのかもしれない。

「マノリト王戴冠の際にその役目を解かれました。多額の報奨金《ほうしょうきん》を手にしたそうだけれど。でも、会うことはままならないわね」

「どうしてですか？」

「慣例で決まっているんだ。王が戴冠した後は、乳母は王宮を出ていき、二度とその前に姿を現さないと。マノリト王の場合戴冠はまだ五歳のときであったから、余計に辛い思いをしたのであろうが……」

「そんな……どうしてそんな決まりがあるんですか？」

「エスメ。王というのは本来、肉親の情とは切り離されて生きていかなくてはならないものなの。これが当たり前なのよ」

　きっと、エスメは理解できないのであろう。みずからの王サミュエルは、長らく母親のイザベラと共にあった。しかしベアトリスとアルバートは、物心ついたときには親元から離されていた。母親は「自分を産んだ人」であり、それ以上でもそれ以下でもなかったのである。

「私にも乳母はいたけれど、サミュエルが生まれてすぐに離れたわ。サミュエルの子育てにお母さまは熱心でしたから、ほどなくして乳母は不要となり、彼女もマノリト王の乳母と同じように、あらかじめ決められていた報奨金を受け取り、それきりよ」

どこか遠くから、私の幸福を祈ってくれているとうれしいのだけれどね。ベアトリスは懐かしそうに目を細めていた。かつての乳母の手のぬくもりを思い出しているのかもしれない。

「でも、今は非常事態ですよね。乳母に会えないという慣例だって、曲げたっていいんじゃないですか」

「そういうわけにもいかん。イルバスの女王がニカヤ王の後見人をしていることすら慣例を曲げる行いなんだ」

「一度曲げたんですし何度曲げたって同じですよ、これがマノリト王のためになるのならばなんでもやるべきでは」

「アシュレイル女史……」

口を開きかけたギャレットを、女王は制した。

「エスメ。そう簡単じゃないのよ」

ギャレットは気を揉《も》んでいた。

エスメはすでにマノリト王に情がうつってしまっている。

「でも……マノリト王がそれでしゃべることができるようになるなら……」

「王の側近が王のためにできることは、優しくすることだけではないのよ」

ベアトリスは言葉を切る。

「時に、エスメ。あなたは国民議会を見てきたわね。どう思ったかしら?」

「とても活気がある議会で、驚きました。身分入り乱れての議会によって、国民の政治への関心はとても高い。話している内容は、その場ではすべてを理解できなかったのですが……」

「ギャレットの間諜やザカライアに協力してもらいながら、議事録をまとめてくれたわね。とても助かったわ」

「ありがとうございます。ニカヤは風通しのいい国であると思いました。ただ……」

「ただ?」

「議会を見て、よりいっそうマノリト王の必要性を感じました。王の意志を正しくくみ取ることができなければ、どれだけ話し合ったとしてもことが前に進みません。私は、早急にマノリト王に回復してもらわなくてはならないと思っています。そのためなら、どんな手段でも試してみたい。マノリト王も……きっと、閉じこもることが本当の望みではないはずなんです」

「そのためには乳母を呼んでみたほうがいいと?」

「はい」

「それで解決しなかったらどうするの?」

「それは……」

　エスメは口ごもっている。

　ギャレットは女王の意図に気づいていた。意地悪な質問は、エスメの真意を引き出すためのものだ。

「乳母を呼んでもマノリト王がしゃべるようにならなかったら？　慣例をひとつ曲げただけで、なにも得られなかったら？　むしろマノリト王が乳母から離れられなくなったらどうするの？」

「お、おそれながら……マノリト王はまだお小さいのですから、少しの間くらいシュロさんとゆったりとした時間をお過ごしになってもいいと思います。長い目で見たらそれがよい方向に転じるかも……」

「マノリト王が普通の子どもならそうよね。乳母が王から切り離されることにはわけがあるの。王の自立のためが第一の理由だけれど、乳母やその一族に権力を与えすぎないようにするためよ。ひとりの家臣に君主が入れこんでしまうと、組織はゆがんでゆくの」

　でも、王杖は。

　王杖は王の一の側近ではないか。

　彼女の言いたいことが、ギャレットには手に取るようにわかる。

　ベアトリスはうなずいてみせた。

「あなたの言いたいことはわかるわ。私はギャレットを大切に想っている。王杖として、夫として、これ以上の人はいないと信じている。でも仮に彼を失ったとしても、私は翌日も女王でいなくてはならない。この意味がわかる?」

「……それは……」

「たとえ有事が起きて己の右腕が吹き飛ばされたとしても、残った頭と体で国民を守る必要があるということよ」

ギャレットは涼しい顔でそれを聞いていた。

(明日俺になにかがあって、命を落としたとしても、陛下に泣く暇は与えられない)

その現実を不満に思ったり、嘆《なげ》いたりはしない。たまに想像する。ベアトリスに王冠を返上させ、普通の夫婦のように暮らせたらどんなに幸せだろうか。ふたりだけで温かい家庭を作れたら。子どもが生まれたとしても、引き離されないですむ。

でもそうなれば彼女はベアトリス・ベルトラム・イルバスではなくなる。ギャレットは長年彼女に仕えてきた。ベアトリスにとって王冠がどれほどに大切かを理解している。そんな彼女だからこそ、ギャレットはベアトリスに強烈に惹《ひ》かれたのである。

そしてエスメの葛藤《かっとう》も、ギャレットには痛いほどにわかってしまう。

なかなか認めてもらえない、成果が出せないからこそ、エスメは焦っている。いつか自分は王から引き離されてしまうかもしれない。それだけならまだいい。自分の存在が、王を貶《おとし》めてしまうかもしれない。そんな不安が彼女を押しつぶしそうになっている。

エスメはよくやっている方だ。言葉は完璧でないにせよ、それを埋めるべく日夜学びに励んでいる。物言わぬマノリト王に根気強く声をかけ続け、ニカヤの畑を元の通り豊穣《ほうじょう》にするべく、土や種を持ち帰っては夜遅くまで研究に励んでいた。

イルバスから新たにやってきた家臣という微妙な立場で、王宮内ではアテマ大臣派の家臣たちに冷たくあしらわれてしまうこともあるが、城下での評判はそう悪くないらしい。

ただし、彼女のしていることは一朝一夕で結果が出ることではない。

自分にできることはなにか。彼女はいつも、自身にそう問いかけ続けているのだろう。

そのことが、ギャレットにとっては心配の種だった。

自分にできることはなにか——その問いかけは、自分はこんなこともできないのか、という自責の刃《やいば》に変わっていかないだろうかと。

「サミュエル陛下にとって一番の存在でありたい。その焦りが、自分を追い詰めてしまっていないか」

図星だったのだろう。エスメははっとしたような顔をする。

「……そうかも、しれません」

彼女はこぶしをにぎりしめた。

自分のふがいなさを認めることは辛いことだが、それを経《へ》て人は強くなれる。

エスメはまだ発展途上なのだ。

彼女はうつむいたが、ほどなくして顔を上げた。まっすぐにベアトリスを見つめる。

「でも、マノリト王にお元気になっていただきたいのも、本心なんです。自分のためだけじゃない」

「それはよくわかっているわ」

ベアトリスはうなずいた。

エスメはわかりやすい利益のためだけに、動ける少女ではない。だからこそサミュエルは彼女を王杖に選んだのだ。

「王は誰にも依存できないの。たとえ夫であっても、王杖であってもね。乳母もそう。あなたのしようとしていることは、ひとつの危険な可能性をマノリト王に与えることになる。それでも、乳母を王に会わせる？」

「会わせてあげたい、という気持ちはわがままなのでしょうか」

エスメは声を震わせた。

「マノリト王は貝のように自分の殻《から》に閉じこもってしまった。その閉じられたわずかな隙間から飛び出してきたのが、蝶だったのです。それを追いかけることは、よくないことなのでしょうか。王は家臣に依存できないかもしれませんが、だからといって、このままだとマノリト王の意志を見逃すようで、たまらないんです」

「さあ、どうする？　みなの意見を聞きたいわ」

　ベアトリスは家臣たちの顔を順にながめる。

「乳母を呼ぶのは私も賛成できないな」

　ザカライアは、言いづらそうである。

「この上、マノリト王が乳母がいないとなにもできない王だと思われては……」

「普通の六歳児ならば、なんということはないが……」

　まだ六歳。もし王が十六歳ならば、乳母を呼ぶなど言語道断となるのだろうが。

「だが、王が乳母に会いたいと思っているのなら、願いを叶《かな》えて会わせて差し上げるのも我々家臣のつとめではないか？」

　ヨアキムの言葉に、全員が思案顔である。

「公式に呼ぶには面倒な手続きが必要になるわね。私たちのやることなすこと、アテマ大臣派が反対するでしょうから」

「ずっと気になっていたのですが、マノリト王の実のお母さまは、どちらにいらっしゃるのですか？」

「ヘラルダ王太后さまのことか？」

「はい。マノリト王のご年齢なら、公式行事に王太后さまの付き添いがあるのは当然かと思います。もし乳母を呼ぶのがだめでも、マノリト王が安心するなら……お誕生日の式典には王太后さまとご一緒に出席していただくというのはどうでしょうか。ヘラルダ王太后さまとご一緒のお姿が見られたなら、国民も安心することができるのでは」

エスメはつとめて明るくたずねる。その質問が不穏当なものだと、うすうす勘づいてのことだろう。

マノリト王の母、王太后ヘラルダ。その存在感は驚くほどにうすく、こんなときでもなければ話題ひとつのぼることもなかった。

「アシュレイル女史。ニカヤに来てから、王太后さまについてなにか耳にしたことはあるか？」

「いいえ、何も……」

「アテマ大臣が箝口令《かんこうれい》をしいてるんだ。王太后の現在の様子について、誰も口にしないようにと」

「どういうことなんでしょうか。王太后さまになにか問題があるとか……」

「問題というほどのことでもないわね。ちょっと変わったお方だというだけで。そうね、私のお母さまとは正反対の方と言ってもいいかもしれないわ」

「正反対……？　イザベラ王太后と……？」

「御子に関心がないんだ。王をお産みになった後は、人形のようににこにことされているだけ。マノリト王がしゃべらなくなっても、態度がまるで変わらない。それどころか、

『私は次に誰のもとへ嫁げばよいのですか？』とたずねる始末で」

もとより王妃となるために育てられ、彼女の人生の目標は次の王を産むことだった。子どもの教育は家臣がしてくれるし、市井の母親のように子どもの世話を焼く必要もない。十代のうちに人生最大の目標を達成してしまったので、毎日暇を持て余すだけの生活となっている。

「でも、マノリト王をお産みになったのに……」

なだめるように、ヨアキムが言う。

「一般的な母親像と、王の母になるということは違うさ。王母はできるだけ早く子離れしなければならない立場だ。この国の王室では、子に必要以上の関心を持たない母親の方が、いい王母と言われるくらいだ」

いつまでも王の独り立ちを邪魔するような王母であってはならない。とくにニカヤでは国民議会で人々を納得させられるほどの力を持つ王が求められる。

「母親の手を握ったままで、国の難題とは戦えまいよ」

「そういうものなんですか……」

「十三歳で王に嫁《とつ》ぎ、十四歳で母になられたので、ヘラルダ王太后はまだ若い。子を産み育てるということがどういうことなのか、ご本人もわかっていらっしゃらないのかもしれない」

この、二十歳《はたち》にならずして寡婦《かふ》となってしまった彼女の、薄ら寒いまでの態度を説明するとしたら、そう言うほかなかった。ギャレットの言うことに納得したのかしていないのか、エスメは一度引き下がった。

彼女自身も近い年頃だからこそ、余計に寄り添えない気持ちになってしまったのかもしれない。エスメは王の子を産んでも無関心になることはないだろう。……本人がその可能性に気がついているかと言えば、そうではなさそうなのだが。

「しかし、ヘラルダ王太后を味方につける、といった手は打てるかもしれないわね」

ベアトリスはあおいでいた扇《おうぎ》をぱたりと閉じた。

「面会の申し込みを」

「ベアトリス陛下」

「せっかくエスメが手がかりを持ってきたのだもの。意地の悪い問いかけをしてしまったけれど、無視をするつもりはありませんでした。クルト王が亡くなり、幼いマノリト王にすべてが託された。本来ならば王母はこういったときに力になっていただかなくてはならない存在です。離宮へたずねていきましょう。ザカライア、先触れの手紙をヘラルダ王太后へ」

慣例を曲げて乳母を呼び寄せるにしても、ベアトリスの発案では反発を生む。そこでヘラルダに口添えをしてもらおうというのだ。

「しかし……これでたとえ乳母のシュロとマノリト王が再会できたとしても、彼の心が回復するとはかぎりません。政府への不信感を植えつけ、人々を煽動《せんどう》する者を早急に処罰する必要があります」

「致し方ないでしょう。私に対する訴えに、反応するつもりはありませんでした。すればするほど火に油だものね。けれどマノリト王が民をなだめられない以上、粛清は必要になるのかもしれません。今後の統治のためにも」

　実際に政治に対する真っ当な不満が噴出しているならば、議会で討論する価値もあるだろう。しかし行われているのは、意図的な情報操作だ。ニカヤの民の間で、いよいよベアトリス女王への悪評が広まりつつある。

　──食い止めなければ。

　ギャレットは、女王の黒鳥である。女王を守るためにその翼を広げる。

「俺はしばらく、反イルバス派たちの黒幕を炙《あぶ》り出すので手一杯になります。マノリト王のことは、申し訳ないが他の者たちで」

「頼んだわよ」

「御意《ぎょい》」

　ギャレットの言葉で、家臣たちはそれぞれにやるべきことを取り決める。

　──赤の王冠。

もう少し調べてみなければわからない。だが……。

この組織の名をとうとう口にすることのできないまま、ギャレットは会議を辞した。

＊

「イルバス女王、マノリト王を洗脳！」

「ヘラルダ王太后は離宮に追いやられ、王との面会も叶わず……！」

「非道なイルバス女王は出ていけ！」

さんざん叫び、ビラを配り、シーラのポケットには銀貨がじゃらじゃらと詰まっていた。

こんなくだらないことでお金をもらえるんだったら、楽勝ね。人の財布をかすめ取ったりするよりよっぽど楽。

各地で女王の非情さを訴え、マノリト王の現状をまことしやかに触れ回ると、市民たちは顔色を変える。

いとけない王が、悪女の女王の言いなりにされてはならないと、義憤《ぎふん》に火がつく者もいる。

しばらく王が顔を見せていないので、シーラたちが言いふらす話にも信憑性《しんぴょうせい》が増してしまうのだ。

赤の王冠に金で雇われたニカヤ人たちは次々とあることないことを吹聴《ふいちょう》し、賛同者を増やしていった。

見たこともないイルバスの女王を悪く言うことに、特に気が引けるようなこともなかった。実際にイルバス人がやってきてもシーラの生活環境は改善されなかったし、むしろ日々不快さが増しているくらいである。

帰りの道すがら、彼女は楽しいことを考えていた。今日は奮発をして、ひき肉入りのパンを買おう。お母さんと私の分。甘ったるい果物もふたつ。これだけ稼ぎがあれば、服だって新調できる。

服を新調。そんなときが自分におとずれるなんて。いつも誰かのお下がりをもらうだけだった。それもおめぐみをもらいに行って得た服だ。

近所でやるとはずかしいので、わざと遠くの街まで行った。

お金持ちそうな貴族の家をうろついていたら、野犬に追い回されて収穫なしで帰ったこともある。

「シーラ。お前もう、こんなのやめろって言ったろ」

ビラをにぎりしめたヤンが、また口うるさいことを言ってくる。

最近はシーラの後をついて回って、やることなすことに口出しをしてくる。仕事にあぶれているから暇なのだ。漁師たちが期待していた税金の免除がなくなってしまったので、下っ端の漁師見習いはクビにされてしまった。国民議会で捕鯨組合の会長・ヨナスとやりあったのは、ザカライア・ダール。見た目はほとんどイルバス人で、やっぱりイルバス女王の臣下となった人物である。

「わざわざ待ち伏せしていたの」

「見つかったらどうなるか……投獄されるぞ」

投獄、という言葉に一瞬おそれを抱いたが、シーラは強気だった。

「どうせ盗みで捕まっても投獄されるんだ。結果は同じじゃない」

「政治犯の方が罪が重いんだ。死刑ってこともあるんだぞ」

「あんた、いちいちうるさいこと言わないでよ。生きていかなきゃいけないの。手段は選べないんだったら」

「それにしたって危険過ぎる」

「これがだめならもう、体売るしかないのよ」

シーラがにらみつけると、ヤンは息を呑んだ。

まさかそんな、とでも言いたげな表情に、シーラの心には怒りがうずまいた。知らないはずがない。路地裏にたたずんで、金持ちのイルバスの軍人たちを誘う女がいることを。ヤンは知っているのに、自分の身近には存在しないものだと思って生きてきたんだ。

汚いものを見ないふりして生きていられる人間ほど、お気楽なやつなんていない。

「あんた、あたしを買う？」

「シーラ」

「度胸もないくせに、正義感ばっかり振りかざして迷惑なのよ。どのみち私は『赤の王冠』に弱みを握られてる。後戻りできないんだったら、もらうものはもらっておかないとね」

捨て台詞を吐くと、ずんずんと歩きだした。ヤンはよほど衝撃を受けたのか、立ち尽くしている。これでつきまといをやめてくれるなら万々歳なのだが。

「――あんた」

しわがれた声で、シーラは呼び止められた。

「そこのあんた。悪いのと関わってるな」

彼女は足を止めた。地面の上にぼろ布を敷いて、老人がひとりそこに座りこんでいた。あたりには空になった酒瓶がいくつも転がっている。

「やめときな。止めてくれるやつがいるうちが華だ」

「うるさいわよ、死に損ないが」

シーラはぷいと顎をそらし、市場に向けて走りだした。果物。肉。服。それから、それから……。頭の中は贅沢な買い物でいっぱいだ。

老人は浮かれた様子で去っていくシーラを見やり、新しい酒の瓶に手を伸ばそうとした。そこにあるはずの酒が消えている。落ちくぼんだ目をぱちくりとさせていると、求めていた酒瓶を手に、ぶらぶらと揺らす男がいた。

「飲み過ぎですよ、王子殿下」

「その呼び方はやめろ」

老人はゆっくりと立ち上がった。背筋はしゃんと伸び、長い前髪からのぞく瞳は青みがかった灰色だった。

「ヨナス。お前、ザカライアに要求を突っぱねられたくせに飄々《ひょうひょう》としているな」

「どうせ二カ月後にくつがえす。まあそれまでもたない漁師がいるのは確かだ」

見習いに暇を出した仲間が大勢いる。彼らの多くはやりきれない気持ちだ。夢を持つ若者の、がっかりした顔は誰も見たくない。

「くつがえせるかね。ザカライアの後ろにはベアトリス女王がいる」

「この女王か?」

くしゃくしゃのビラを手に、ヨナスは眉をひそめる。

「さんざんな書きようだな。これはあの黒鳥が黙っちゃいないんじゃないか」

「あれは黙っているさ。そして秘密裏に陰謀を処理する。だから注意してやったんだ。しかしあの娘、聞きやしない。まあ『死に損ない』の言うことだからな」

老人は王宮を見上げた。月の光を浴びた白亜の城。かつては、彼の住まいであった。

ニカヤの春は去った。

老人も、この城を去った。残されたのは凍《い》てついた表情をした幼き王だけだ。

「そろそろ手助けが必要かねえ」

「手助けが必要なのは自分だと思うけどね」

老人は立ち上がろうとして、よろめいた。酒が過ぎてしまったらしい。

憎まれ口をたたいて、ヨナスは転がった酒瓶をすべて拾い上げた。

第三章

サミュエル陛下

こんにちは。お元気でいらっしゃいますか。

船便が到着するには時間がかかりますよね。それでも陛下からのお返事が届かなかったので、ちょっと心配しています。お忙しいのでしょうか。

私は、今マノリト王の乳母《うば》、シュロさんという人を探しています。わけあって彼女の力が必要になりました。でも、彼女は住まいを捨てて、どこかへ行ってしまったそうです。とても心配しています。

もう役目を解かれたとはいえ、王の乳母であった人の行方《ゆくえ》がわからなくなってしまうなんて、そんなことはあるのでしょうか。きっとマノリト王の、外に出してはいけないような情報まで知っていた方だと思うのに。

それからもうひとつ、気になることがあります。

マノリト王の実のお母さまは、王にあまり興味をいだかれていないようなのです。こういうのって、普通なんでしょうか。私の母は生きていた頃、私やクリスをそれはそれはかわいがってくれました。サミュエル陛下だって……王太后《おうたいごう》さまには可愛がっていただきましたよね？

でも、ベアトリス陛下はそれが当たり前だと言っています。ピアス公も同じ意見のようでしたので、もやもやしたけれど黙ってしまいました。

私がお母さんだったら、とてもそんなふうには思えません。


「私がお母さんだったら、ね」

手紙によった皺《しわ》を伸ばし、サミュエルは息をついた。

こいつ、なにも考えないで言ってるよな、たぶん。

サミュエルは咳《せ》きこみ、ぼうっと天井を見上げた。手紙を枕元に置くと、ゆっくりと目を閉じる。熱が上がってきた。ぶるりとした寒気の後は、全身にゆきわたる倦怠感《けんたいかん》。この感覚も久しぶりかもしれない。

「サミュエル陛下、こちらを召し上がってください」

薬湯《やくとう》を持って、クリスがおろおろとしている。

「クローディアさまと作った新しい薬湯です。僕やフレデリックやレギーも飲んで、問題ないことは確かめていますので……」

サミュエルは重い体を起こすと、舌にこびりつくような味の、苦い薬湯を飲み下した。

「お辛《つら》そうですね。エスメには僕から手紙を書きましょうか」

「しなくてもいい。こんな熱、よくあることだ」

「でも三日も続いていますよ。こういうときこそ、王杖《おうじょう》がそばにいるべきなのでは……」

決裁を待つ書類は、どんどんたまっている。卓上に積み上がった紙の束を見るなり、サミュエルは眉をひそめた。

「あれを持ってこい。議案に目を通す」

「サミュエル陛下、無理は禁物です」

ベンジャミンが諭《さと》すように言った。

「お顔の色が悪い。今しばらく休むべきです。アルバート陛下に事情を……」

「やめろ。兄さまには言うな。エスメにもだ」

そもそも、今手紙を出したところでエスメのもとに届くのは十日以上先である。それまでには全快しているだろうし、いらぬ心配をかけることになる。

「陛下の体調不良は、なにが原因なのでしょうか。このところ雨が多いせいとか……雨ばかり続くと薬草も元気がなくなりますし……」

「僕と植物を一緒にするな。だいたい、熱を出して寝込むなんていつものことなんだ……」

そうだ。いつものことじゃないか。なにも心配することはない。

ペンを取ろうとして、腕まくりをする。サミュエルはみずからの目を疑った。

赤い斑点《はんてん》が、肌に浮かび上がっている。

「……なんだこれ」

不吉なまだら模様。なにかが違う、と思った。いつもとはなにかが。

「クリス。すぐに侍医《じい》を呼びなさい」

ベンジャミンが焦《あせ》った声をあげた。

「陛下のお身体に異変が。すぐに侍医団を」

「は、はい、げっ」

クリスが駆けだすと、ベッドの下でまどろんでいた白犬のアンもその後に続いた。彼ひとりに任せるのは心配だったのかもしれない。

「陛下……」

「なに、心配することはないさ。きっと、このところ忙しかったから……剣の訓練で無理がたたっただけだ……」

サミュエルの声は震えていた。

きっといつもの。でもそうではなかったら？

医師たちのあわただしい足音が響き渡る。兄には話をせざるをえないだろう。

せめてニカヤには。

なにも伝えないでもらえるよう、念を押しておくほかあるまい。

*

「それは、わたくしのするべきことではありません」

ヘラルダは穏やかに言った。

花の香りただよう、美しい離宮《りきゅう》であった。かつてマラン王が、晩年の王妃のために建てさせたという城である。王都から少し離れた場所にあり、ぞんぶんに狩りを楽しむことができた。

もっとも、ヘラルダの趣味は狩りではない。

こうしてただよう花の香りですら、彼女の好みを反映したものではない。女官がよかれと思って用意したに過ぎない。

ヘラルダには好みという好みが、まったくもって存在しないのである。

水のように澄んでいて、つかみどころがない女だった。

「ですがヘラルダ王太后。マノリト王はあなたの息子。彼の心を解きほぐして差し上げるのは、母であるあなたさまの――」

ベアトリスは食い下がった。だがヘラルダはふわふわと頼りない声で言った。

「わたくしはあの子を産んだ。それだけよ」

それでわたくしの役目は終わったの、と彼女は膝《ひざ》の上の子猫を撫でた。

ベアトリスはめずらしく、声をとがらせた。

「我が子のことですよ」

「おたずねするわ、ベアトリス女伯。あなただって子を産んだら、王宮に置き去りにするお立場ではないの？」

ベアトリスは押し黙った。子が成長したあかつきには、王冠を譲り渡す。それは女王の引退を意味していた。次の王の統治には口を出さない。自分で決めていることである。

「知ったことではないの。わたくしは王の子を産むためにこの世に産み落とされ、王に気に入られるための美貌をさずかり、王の妻になるにふさわしい教育を受け、そして役目を終えたの。十四でわたくしは表舞台から去ることを決めました。あなたがこうしてやってきたということは、わたくしの次の夫を見つけてきてくださったのかと思ったのに」

「次の夫をお望みですか？」

「ええ。あなたのお兄さまか、弟さん。どちらでもいいのよ」

ベアトリスは面食らった。

「残念ながら、ふたりとも決まった相手がいるのです」

「でも正式に結婚しているわけでもないのでしょう?」

それはそうなのだが。この一見してなんのこだわりも持たないような女にも、ただひとつ「王」の妻でありたいという欲求はあるらしい。

「話を持ちかけることは可能ですが、ふたりとも頑固ですので、耳を貸さないかもしれないですね」

ヘラルダとの結婚は、確かに国益となるだろう。どちらかがマノリト王の義父になるわけだ。

(本当にそうなったら、もう反イルバス派を押さえつけることはできないわね。この国はとんでもなく荒れるわよ)

今の後見人という立場ですら、マノリト王が不調になった途端、もろくも崩れそうになっている。アルバートかサミュエルがヘラルダと結婚したなら、ニカヤがイルバスの属国となる構図が、はっきりと印象づけられてしまう。

ベアトリスがはじめニカヤ国民に好意的に受け入れられたのも、彼女が「女」であったからである。マノリト王とは十以上も年齢が離れているし、彼女はすでに結婚していた。王の妻や母となる可能性が消えていたのだ。他人にしかなれないベアトリスだからこそ、ニカヤ国民を納得させることができた。

幸いなのは、アルバートもサミュエルもすでに「運命」というべき相手が決まっているということだ。

「あきらめていただくほかなさそうです。私の兄弟にはそれなりの遊び相手などもおりましたが、この人だと決めたら気持ちをつらぬく性格は共通していますから」

「残念ね。イルバスへ行ってみたかったわ。ここはちっとも代わり映《ば》えしないから」

代わり映えしないのはあなた自身では――そう言いたい気持ちをこらえる。ベアトリスはこの国ではあくまでただの女伯だ。

「子どもに執着するのは愚かな母親よ。わたくしは、あの子を産んで役目を果たした。わたくしを母にしてくれた、マノリトには感謝しているの。でも助けることはできない。あの子は国のものだから」

「乳母のシュロを、マノリト王のために招喚してもよろしいでしょうか」

「いいとも悪いとも言わないわ」

「ヘラルダさま」

「でも、慣例は曲げてほしくない。何かよくないことがあって、わたくしのせいにされたらいやだから」

ヘラルダは子猫を手放し、長い繻子《しゅす》を引きずって、ベアトリスの前までやってきた。

ベアトリスの形のよい鼻を、ヘラルダは指先でなぞった。

「あなたってきれいな人ね、ベアトリス女伯。でも怖い顔をされたら興醒《きょうざ》めだわ」

——お話にならないわね。

ベアトリスは心の内で嘆息した。

「それでは、失礼いたします。ヘラルダさま」

ヘラルダは花開くようにほほえんだ。

「ええ。実はずっと帰ってもらいたかったの。察してくださってありがたいわ」

＊

シーラの仕事は、さらに忙しくなっていった。それにともない、手にする銀貨も増えた。こんな大金、いったいどこからやってくるんだろう。

今さらながら資金源が気になる。赤の王冠のリーダー……いまだに名を明かさない、「殿下」という人物か。ギネスはその男を崇拝しているらしい。

仕事にあぶれたならず者たちは、銀貨に吸い寄せられ、日に日に増えていく。はじめは雨宿り代わりだったのに、すっかり赤の王冠が家になってしまった者もいる。

彼らはしきりにマノリト王を国民に返せと叫んでいた。それが仕事だからだ。そのうちに、彼らに感化された者たちが、ひとり、またひとりと、毒花に誘われるように集まってくる。

ベアトリスへの憎悪は、わかりやすいほどに伝染していった。

(みんな、心の内では思っていたんだ。イルバスがニカヤの政治に口を出すなんておかしいって……)

イルバスからの恩恵を受け取っている者はいい。ニカヤの貴族が亡命した後にその後釜として役職についた者、もとより多くの土地を所有する者、そして意外にも最下層の一部の者。親がいないとか、貧民層の施療院《せりょういん》に入りっぱなしで手足もまともに動かすことができない者とか、より優先して支援を必要としていた者たちである。

シーラのように、ついこの間まで父親が生きていて、金持ちとはいかないまでも最低限食事には困らない生活をしていた一般庶民が急にうらぶれてしまうと、どこの支援も受け取ることができなかった。まだそこまでの支援体制が整っていないのだ。

そしてこの層は、ニカヤの中で日を追うごとに厚くなり、いまやひとつの勢力となりつつあった。

「よくぞ集まってくれた」

ギネスは満足そうにあたりを見渡した。

「我々はこれから、ニカヤ各所でマノリト王奪還の計画をたてようと思う」

だいそれたことを口にするギネスに、場がざわめいた。

「国民議会にマノリト王が出席されないことを快《こころよ》く思わない者が大半だろう。みなの気持ちは、もっともだ。いくらまだ幼い王とはいえ、国民議会に出るのは王冠を戴《いただ》く者のつとめ。顔くらいは見せて当然だ。だがそれを阻止している者がいるとしたら？」

「それがベアトリス女伯だというのか」

手前で釣り道具をいじっていた、浮浪者のような男が声をあげた。あれはシーラが適当に声をかけてつかまえてきた男である。人数を集めれば集めるほど、報酬がもらえた。男なら銅貨二枚、女なら一枚。

「マノリト王を取り戻して、どうする。ただ王を誘拐して身代金をゆするだけか？」

面倒くさい男を連れてきてしまったな、とシーラは思った。後で報酬を取り上げられたりしないといいんだけど。

彼女の任務はこうだった。できるだけ人を集めろ。ただ王室にはったりをかけられればいいと。実働部隊は別にあるのだ。王に不満を訴える国民がこれだけいるのだと、わからせることができればいい。

ひとりひとりの力は、大したことなどないのかもしれない。けれど大勢が集まれば、マノリト王を取り戻せると。

マノリト王が国民のものとなれば、ニカヤは変わる。

ギネスの狙いは、バハール中心部にある貴族の邸宅街に武器代わりの農具や工具を持った民《たみ》を向かわせ、政府に圧力をかけることだった。

三日後の満月の夜、各有力者の屋敷に狙いを定め、大規模蜂起を決行する。マノリト王を隠し続けた政府も、今度ばかりは彼を表に出さざるをえないだろうと。

「誘拐などと人聞きが悪い。王はすでに拐《かどわ》かされているのです。イルバスのベアトリス女王に」

「女王の手出しを国が認めたから今、こうなっているのだろう」

「認めた？　ふぬけた貴族たちがイルバス女王の言いなりになっただけですよ。現にクルト前国王の治世で発言力のあったザカライア・ダールとヨアキム・バルフはすでに女王の赤の陣営にいる。やつらは売国奴《ばいこくど》です」

ギネスの口から過激な言葉が飛び出す。集会の人々は、それに対して口々に意見を述べた。

――売国奴って、どっちなのよ。あんただってイルバス人じゃない。

シーラはだんだんと、ギネスのやり方に賛同できなくなっていた。

不安が勝っていたのである。うまくいきっこないという不安が。ニカヤがもう独り立ちすることができなくなっているのは、学のないシーラにだってわかっていた。

思うところはあったが、シーラは逆らえない。こいつには盗みの現場を押さえられているのだ。それに報酬としてかなりの金額も受け取っている。

ヤンに言われなくともわかっている。こいつらは本来、関わってはいけない連中なのだ。

だからそろそろ足抜けしなくてはならない。

（あともう少しよ。必要なものは買い揃《そろ》えたわ。あとは路銀だけ。もう十人か二十人、適当な人間をギネスに引き渡したら）

三日後の晩。勝負の日には、あたしはお母さんと一緒に、あの路地裏の小屋を出るんだ。

その後のことはどうにかなる。お金もずいぶん残っているだろうし、どこかに住まいを借りて、洗濯女でもしよう。指紋がなくなるくらい洗い物をすることになったってかまやしない。

「これは……これはどういうことなのですか」

そのとき、目の前にいた女がふらふらと、ギネスのもとへ駆け寄った。

シーラの連れてきた女のひとりだった。ビラを渡したとき、しばらく立ち尽くして食い入るように見入っていたので、関心があるのかと思って声をかけた。

「この号外にあることは、真実なのですか？」

乱れ髪で、服装もぼろをまとっていたが、どこか他の者たちとは雰囲気が違っていた。

シーラはじっと女を観察した。私たちとは「育ち」が違うみたい。

「マノリト王が、ベアトリス女王によって言葉を奪われてしまったと――」

「そうだ」

女は震える手でビラをにぎりしめている。その表情には鬼気迫るものがあった。

「……王は取り戻すべきです」

「もちろん、ご婦人、あなたの言う通りだ」

女の髪には、あざやかな蝶の飾りが留められている。そのみすぼらしい身なりには、あまりにも不釣り合いな、きらびやかな髪留めであった。

「私が……マノリト王の御所まで、案内いたします」

女はふりしぼるようにして続けた。

「私はマノリト王の乳母でした。わけあって一度は国を出て、今ではすっかり落ちぶれた身となりましたが……今でもあの方のぬくもりをおぼえております。あの方もきっと、私のことを覚えているはず」

蝶は自由だ。蜘蛛《くも》の糸にかかるそのときまでは。

取り返しのつかないことをしたのだと、今になってシーラは悟ったのである。

＊

寝台の上でまんじりともせず、エスメはここ数日の出来事を思い返していた。

ギャレットの言葉が、エスメの胸の内でわだかまっている。

サミュエルにとっての一番でありたい。その焦りが自分を追い詰めてしまっているのではないか——。

（……そう。冷静になればわかること。ハーブを育てたりニカヤの地質を元に戻したり、すぐにできることじゃない。これだけ多民族が集まるニカヤなんだ、言葉のすべてがわからないのも当然のこと……）

できないことがひとつ見つかるたびに、落ちこんでしまう。そこから浮上しようともがいて、焦ってしまう。

ニカヤに来てから、眠れない日々が続いていた。星をながめていたのはきれいだからというのもあるけれど、寝台に入っても目が冴えてしまっていたからだ。どうせ起きているのだからとニカヤ語の勉強をしていたら、女官たちに明かりを取り上げられ、無理矢理寝かしつけられてしまった。どうやらギャレットの命令らしい。

サミュエルと離れていることが、余計に不安になる。

彼が隣にいれば、むっすりとした顔で「そんなことか、さっさと寝ろ」と言ったはずだ。サミュエルはけしてエスメに甘いというわけではなかったが、彼女が冷静さを欠いているときは見逃したりしなかった。

会いたいな。

エスメは枕を抱きしめて、サミュエルのことを想った。

彼からの手紙は、しばらく届いていない。サミュエルは自分のことを思い出していないのだろうか？　少し離れている間に、他のことに夢中になってしまったのだろうか。そうだとしたら、すごく悲しい。

出立のとき、抱きしめてもらったことが、遠い昔のように感じる。

──なんでこんな気持ちになるんだろう、私らしくもない。

情けなくて、じわりと涙が浮かんでくる。

きっと私は安心したいんだ。サミュエル陛下の側なら、私は安心していられるから。

彼にとっても私がそんな存在でありたい。そう思ったからニカヤへ来たんだ。

（こんなところで泣いている場合じゃない）

まずは、私にできることをしよう。そう思ったのに、いつからこんなに焦りをおぼえるようになったのか。

王は誰にも依存できない。ベアトリスからそう聞いたとき、エスメはさみしかった。

（きっと私が──知らず知らずのうちに、サミュエル陛下の王杖という立場に、依存してしまっていたからだと思う）

イルバス初の女性王杖として、エスメには期待がのしかかっていた。「女性で王杖」という立場は、エスメを示す大きな記号となった。自分の活躍はサミュエルの活躍で、自分の失態はサミュエルの失態になる。そう言い聞かせ、苦しみながらあがいていた。

私が本当に守りたいものは、何なのか。王杖とは何か。王とは何か。

エスメはいま一度、考えるべきときが来ているのだ。

どこかで笛の音がした気がした。

「誰……？」

寝台を下りる。露台から広い庭を見下ろした。ぼんやりとした明かりが、幽霊のようにふよふよと踊っている。エスメは月明かりをたよりに蠟燭《ろうそく》を探し、急いで自分も明かりを手にした。

(こんな時間に人が出入りするなんて、絶対におかしい)

エスメはすぐさま気持ちを切り替えた。

寝間着のままだったが、かまわない。レイピアを持って、彼女はローガンの部屋の扉を叩いた。

「なんだよ……まだ寝ているんですけど……」

「ローガン。庭に不審人物がいる」

「おわっ。アシュレイル女史！　なんて格好でうろついているんですか」

「寝間着だよ」

「知ってますよ！　淑女はそんな格好で男性の部屋をたずねたりしないものです」

「淑女《しゅくじょ》はレイピアなんて持ってないよ。ならず者かもしれない、早くマノリト王の部屋へ行かなきゃ」

「夜は、俺の部下が見てますって……」

「いいから早く」

いやな予感がする。杞憂《きゆう》に終わればいいのだが。

(乳母のシュロさんは見つからない。見つからないことがそもそもおかしいのに。マノリト王の周りでは、不可解なことが起こっていたんじゃないだろうか……。ベアトリス陛下がニカヤへ来る、ずっと前から)

乳母は貴族の夫人たちの中からもっとも教養があり、穏やかで、そして口のかたい女が選ばれる。

彼女たちは戴冠した王とは二度と会えない決まりだ。だとしても、居場所が知れないというのは不自然であった。赤子のときとはいえ、乳母は王のもっとも近くで世話をしていたのだ。自由にさせて、王の秘密が漏《も》れては一大事である。シュロは十分な財産と、そして王室の召使いを世話係としてもらい、貴族の夫人としてなに不自由なく暮らしているはずだったのに。

「マノリト王」

扉の前にいたはずの衛兵がいない。

「アシュレイル女史」

ローガンが焦ったような声をあげる。扉には蹴破られた跡があり、護衛の兵たちも姿を見せない。

露台へ続く扉が大きく開き、カーテンがはためいている。

駆け寄ろうとしたエスメを、ローガンが押さえる。

「下がって。誰か潜《ひそ》んでいるかもしれない。蠟燭は吹き消すんだ。こちらの位置を知らせることになる」

暗闇で何も見えない。エスメは恐怖に高鳴る心臓をなだめた。

(マノリト王の安全を確認しなくてはならないのに)

こんなとき、アルバートの婚約者クローディアがいたら違ったのだろうか。彼女は夜の闇をおそれずに進んでゆけるという。

三人の王と王杖が、この場に集結していたなら。

――考えても仕方のないことだ。今は私とローガンでなんとかしないと。

ローガンが腰帯の蝶の飾りを剣の柄《つか》で叩き、音を出す。安全の合図だ。エスメはそれをたよりに歩を進めた。

「いない」

寝台はもぬけの殻《から》だった。エスメは上掛けの中に手を入れる。まだあたたかい。

厚い雲の切れ間から月が覗き、王の部屋が照らされた。護衛の兵が倒されている。床にのびた彼らの安否を確かめたいところだったが、エスメたちにとってそれよりも最優先して確認しなければならないことがあった。

「マノリト王の行方を捜さなくては」

——王は、拐《かどわ》かされたのだ。

露台の手すりにはロープがかけられている。

階段を使って庭へ降りることも可能だが、階下は女官たちの控え部屋となっている。気づかれると踏んだのか。この王宮の造りを、よく知っている者の犯行らしい。

時間がない。ならばやるべきことはひとつしかない。

「ええっ、アシュレイル女史！」

迷わずロープにつかまり、体を浮かせたエスメに、ローガンは素《す》っ頓狂《とんきょう》な声をあげる。

「そんな、そんなことって」

「すみません、私あまり普通の育ち方をしていなくって。木登りくらいなら全然できます」

「木登りじゃなくて、降りてますよそれ」

「そうですよね。じゃ、先行きますから」

宣言するすると、エスメはするすると降りていった。ローガンの「ああもう、どうしたらいいんだ」という声が聞こえてくる。いちいち回り道をして階段を使っていたら間に合わないかもしれない。

「僕は応援を呼びに行きます。でも無茶はしないで」

「わかった」

わかったとは言ったものの、いざというときに自分が無茶をするタイプの人間だということを、エスメはいやというほどに知っていた。

心の内で、お守りの言葉を繰り返す。

(クソはクソらしく、クソはクソらしく……)

あの、親切なんだか不親切なんだか、よくわからないおじいさんが教えてくれた言葉。不思議と惹《ひ》きつけられる人だった。

暗闇に目をこらす。蠟燭を置いてきてしまったことを後悔した。それでも彼女は進んだ。

石に足をとられ、蹴躓《けつまず》きそうになる。

——見えた。

庭の裏口は、海岸につながっている。その昔、王がそのまま水遊びに出られるよう、そして正門が突破されたときにすぐに逃げられるようにとこの道を作ったという。エスメは砂を蹴り、その人影を追いかけた。

広大な庭だが、一度目標を捉《とら》えてしまえば、あとは見失わないように進むだけだ。

月明かりに照らされて、影がのびる。ひときわ小さな影と、その手を引くひょろりとした影。この王宮で、あの背格好の人物はマノリト王しかいない。

「待て。マノリト王を放せ」

相手は黙っている。放せ、という単語をうまく発音できていなかったのかもしれない。

焦るあまりに適切な言葉が出てこない。

「王を返せ。この人はニカヤに必要なお方だ。勝手に連れ去るようなまねは許されない」

エスメはイルバス語で命じた。通じるとは思えなかったけれど、なにも訴えないよりはいいと思った。

月に雲がかかる。相手の姿がまた見えなくなる。

――せめて、ローガンが応援を連れてくるまでは。

ギャレットやヨアキム、ザカライアたちが来てくれるまでは、私が時間を稼《かせ》がないと。

王の手を引く人物は、ゆっくりとしゃべり始めた。

「なぜ王を取り戻そうとする。こいつがいなくなった方が、お前たちには都合がいいだろう。下手《へた》くそなニカヤ語のイルバス人よ」

「都合って、どういうこと？」

「王がいなくなれば、新しい王が必要になる。今のニカヤ宮廷で、王冠をかぶったことのある者はベアトリス女王だけだ。ディルク・アテマも政治家としては小物だ。後を託すのは彼女がふさわしいとするならば、名実共にニカヤはイルバスのものになる」

「ベアトリス女王は、この国を支配するためにやってきたのではない」

「お前の言葉はわからない」

エスメはくちびるをかむ。

しわがれた、男の声だった。どこかで聞き覚えがある。

「言葉を操るというのは、難しいことだ。ニカヤ人は海を渡る。ゆえに、ひときわそれを得意としてきた民族だ。わかり合うために。敵意はないと伝えるために。だが、ときにはまっすぐに敵意を伝えなくてはならないこともある」

男の操る言葉が変わった。――イルバス語だ。

男はいやに余裕があるようだった。動揺するエスメにかまわず続ける。

「外国語というのは、その言語で喧嘩をすることができて初めてものにしたと言える。己《おのれ》の言葉で戦えずして、王を守れると思うな。この国は、言葉で戦う国だ」

「王を返せ」

エスメは声を荒らげた。

私の言葉に、どれだけの人が真剣に耳を傾けてくれたのだろう。

侮《あなど》られ、軽んじられ、それでも私はもがいている。

もがいているからこそ、私なのだ。女である前に、王杖である前に、私はひとりの人間で、今、目の前のマノリト王を守りたいと思っているのだ。

「言葉を尽くしても、人は疑心暗鬼になる。私は行動で示す。王を返せ。あなたのしていることはこの国に対する反逆だ」

大きく息を吸って、彼女は叫んだ。

「クソはクソらしく、便所にそのデカいケツを嵌《は》めてな‼」

敵と思った相手に、ここぞというときに言う台詞《せりふ》。

そういえば、詳しい意味をザカライアにたずねるのを忘れていた。

相手はしばし沈黙していたが、噴き出したのはマノリト王の方だった。

肩を震わせ、男の足にしがみついている。

「よりによって俺に向かってぬかすとはね」

男はそう言って、カンテラを持ち上げた。その顔が暗闇に浮かび上がった。

「……あ！　この間のおじいさん！」

エスメにその文句を教えた張本人である。彼はマノリト王を抱き上げた。マノリト王は、おとなしく老人の腕の中に収まっている。

（……マノリト王がまったく抵抗していない。それどころか、心を許しているような気も……）

感情を見せなくなってしまったとはいえ、マノリト王がわずかに不快感をあらわにするような場面があった。女官が無理矢理着替えをさせようとしたり、かつてマノリト王が嫌いであったとされる食べ物が、テーブルに並んでいたときである。肩をこわばらせたり、くちびるをかんだりした。

ローガンやエスメ、そして女官たちは王のわずかな変化ですら見逃してなるものかと、いつも目をこらしていたのである。

「また会ったな、エスメ・アシュレイル」

「あなたはいったい、何者ですか？」

彼は質問には答えなかった。

「王を狙う者たちが動きだす。その前に俺たちが彼を安全なところへ連れていく」

「王宮がいちばん、安全です」

「安全か？　ディルク・アテマの心中すら、お前たちは察することもできないのに？」

心中。いったいなにが狙いだ。ベアトリス女王を追い出して、マノリト王の摂政《せっしょう》になることでは？

口に出せずもごもごしていると、老人は言った。

「そうだ。思ったことを口に出さないのも、必要なことだ。不用意な発言に足をすくわれることもある。特にこの国ではな」

「どんな理由があろうと、王を誘拐するのは大罪です」

「誘拐じゃない、こいつの意志さ」

「王の意志など、あなたにわかるわけが――」

「じゃあなんだね、あんたらは聞いたのか。マノリト・ニカヤに。玉座《ぎょくざ》の座り心地はどうだ？　と」

　マノリト王が、老人の服をつかんだ。

「あんたらがこの小さい王に期待を押しつけて、人形のようにそこに置いたんじゃないかね。きょうだいさえいればな。たとえマノリトが長男だったとしても、もう少し自由がきいたかもしれない。あるいはきょうだいがいればより玉座の重みが増したか？　どちらとも『もしかしたら』の未来だが。あんたらの国は、厄介な遺言のおかげできょうだいが互いを監視するようになった」

「イルバスの共同統治は――……確かに厄介です。でも、ひとりの王のもとにひとつになれないこの国も、変わらないくらい厄介だと思う」

「その通り。理想ばかりをかかげるのも、あの人そっくり。なんでかな。孫の方は、見た目は似ていても、あまり性格が似ているとは思わなかった。直接の血のつながりのない人物に、彼女の面影《おもかげ》を見いだすことになるとは」

「なにを言っているのかがわからない」

　エスメはゆっくりと、マノリト王に言い聞かせるようにして話した。

「マノリト王。その方はあなたにとって、大切な人なんですね。たぶん私たちより」

　マノリトは困ったような顔をする。表情が出ている。驚くべきことだった。それほどこの老人のことを信頼しているのだ。

「いいんです。大切な人のことは大切な人と、きっぱりと認めてしまっていいんです。出会って日が浅い私のことよりも大切なんだと、示してしまっていいんです。あなたの中の気持ちを、口に出したって、いいんです。あなたはなにも間違ってなんかいない」

「……」

「その人と一緒に行きたいなら行きたいって、言ってしまっていいんです」

老人はあきれたように言う。

「お前、そんなこと言っていいのかよ。こいつのお目付役かなにかをしているんじゃないのかい」

「本当はいけません。でもマノリト王の意志が大事です。イルバスでは、王位継承権を持ちながらそれを捨て、旅立った人もいます。彼女がいなくなっても、国は回ってる」

「そりゃ、そっちの国はくさるほど王がいるからだろうが」

「ニカヤだってきっと変わらない。あれほど多くの国民が議会に詰めかけ、国のために心をくだいているのだから。その中から誰かが王になったっていいじゃないですか。王でいることがマノリト王の意志でないのなら、他の誰かが王になったって構いやしない。王だってひとりの人間です。自由な意志が踏みにじられていいわけではない」

「めちゃくちゃだぞ。そんなことを言ったら、利権を得ようとする誰もが王になりたがるし、王を崇拝する者もいなくなる」

「この国の人は春を信じているんでしょう。それぞれの春を崇拝すればいい」

「ばかを言うな。この国の春はとっくに終わったんだ」

時間は稼げたようだ。背中の方から呼び声が聞こえる。城に明かりがともされ、太陽の光を受けたように、庭が明るく照らされる。

エスメは目をこらした。海岸につながる道には、捕鯨組合の会長、ヨナスが立っていた。

「じいさん。言わんこっちゃない。とっとと連れ出しゃよかったんだ。面倒なことになったぞ」

「老いぼれにさっさと動けなどと無茶を言うな」

衛兵のひとりが老人に手をかけようとする。

「やめて‼」

時が止まったかのようだった。

……マノリト王が、しゃべった。

その場にいた誰もが、動けなくなった。やめて。それは王の意志である。この老人に危害を加えることはなんぴとたりとも許さないという、明確な。

王の声は弱々しくかすれていたが、その言葉の威力はすさまじいものだった。

ベアトリスが、前に進み出た。夜着の上に男物の上着を羽織っている。おそらくかたわらにいるギャレットのものだろう。

「ユーリ王子殿下」

「呼ぶな。その名は捨てたんだ」

「私たちがふがいないばかりに、申し訳ございません。あなたはもうここには来ないと、おっしゃったはずなのに」

「そう。俺ももうすぐこの世からおさらばしなきゃならん歳だ。しかしこの王を放って死んだら、天国の兄さんたちに怒られそうだからな」

老人はそう言うと、マノリト王を地面に降ろした。

「エスメ・アシュレイルの言う通り。好きにしていいんだ、マノリト」

マノリトは困ったようにユーリを見上げた。

エスメは頭の中で、さまざまな情報を整理していた。ユーリ王子。そう。確かにイルバスの年代記にもその名があった。

アデール女王が、まだ王女であったとき。戦火に呑まれるイルバスに、ニカヤの王子がひっそりと彼女を助けに来たことが。

結局アデールはその救いの手にすがることはなかった。そして姉王女亡き後、王冠をかぶったのである。

「俺はいつだって、逃亡を手助けする男だ。逃げることは恥ではない。自分らしく生きるためのひとつの選択肢だ。王だろうが誰であろうが、自分の人生の行き着くところは自分で決めていいんだ、ただし」

　彼は言葉を切る。

「お前がいくつであろうと、その選択には責任を持てよ。他人のせいにするのはなしだ。お前はかしこいから、俺の言っていることがわかるだろう」

　マノリト王はうなずいた。

　ベアトリスを見る。そして、エスメやローガンを見る。

　息せき切って駆けつけた、アテマを見る。

「王よ……！　どうかはやまらず。ニカヤの民は、あなたを必要としているのです」

「アテマ大臣」

　ギャレットがたしなめるようにその名を呼ぶ。だがアテマは続ける。

「あなたがここにいてくださらなければ、民は希望を失います。あなたの成長が彼らにとってなによりの楽しみなのです。そして、私の」

　つかえながら、彼はそれを言葉にした。

「私の甥《おい》が、どんなに立派な王となるのか。私はそれをすぐそばで見届けたかった。妹がああなってしまったからこそ、私が」

　エスメは目を見張った。

　嘘かもしれない。そうだろうか？　アテマは、いつだってベアトリスにわかりやすいほどの敵意を向けてきた。

本来は、裏表のない人物なのでは？

――この人は。

この人は、この人なりの正義があって、イルバスの介入をよしとしていなかったのだ。

（マノリト王の伯父《おじ》。ベアトリス女王さえいなければ、手にできた摂政の座。わかりやすい構図に騙《だま》されていたのは、私も同じだったのかもしれない）

マノリト王はどうするのだろう。

ユーリ王子のように身分を捨て、自由に生きることを選ぶか。

それともこの王宮に残り、その身を国家に捧《ささ》げることを選ぶのか。

どちらにしても彼の眼前に広がるのは茨《いばら》の道だ。

マノリト王は、ユーリの手を放し、一歩踏み出した。

「マノリト」

ユーリは彼の背中に声をかけた。

「それでいいんだな」

マノリトは振り返り、うなずいた。

「俺は明日死んでもおかしくない年齢だ。もう助けられないぞ」

「……いいんです」

マノリトはぽつりと言った。

「僕は、王になるために生まれたんです。シュロはよくそう言っていました。……もっとも、王にならないうちはよかった。シュロがいいということだけ、答えていればよかったから。僕は神童なんかじゃない。勉強ができても、覚悟が足りないんだ」

ベアトリスはしゃがみこんで、マノリト王に視線を合わせた。

「ようやくお声が聞けましたね」

「ベアトリス」

「子どものときから国を背負わなくてはならない重圧を、私もよく知っています。選択の苦しみも、私にはわかる。だからこそあなたを誇りに思います、マノリト王陛下」

「僕は……僕は自由になれない、ずっと」

「ええ」

「不自由の中を生きるしかないんだ」

「そうです」

残酷な事実を、ベアトリスは否定しなかった。

「自由な人生の中には、私たちの想像できないような大きな喜びがあるでしょう。そして私たちの想像もつかないような、巨大な悲しみも眠っている。誰しもが自由で、誰しもが不自由なのです」

「……蝶は、海を渡れないものね」

「鳥は、渡っていけるわ。だから私たちベルトラムの王は、王杖という『鳥』を持つのです。自分の代わりに、水平線の向こうを見てもらうためにね」

きっと、まだ幼いマノリト王にとってシュロこそが王杖のような存在だったのだ。

ユーリはため息をつくと、その身をひるがえした。

「俺は出ていく。もともとここへ来る気はなかったんだ。思い出が多すぎてな」

「残ってくださいませんか。マノリト王のために」

ベアトリスは彼を引き留めた。

「あなたと会えたからこそ、王は」

「それは違う。あんたの言う『鳥』のおかげだよ。黒い方じゃなくて、小さい方のな」

エスメは目をまばたかせた。

「私は何も……」

「クソはクソらしく、か。その勢いだけで生きていく気性は、王冠をかぶる者にはけして真似できないだろうな」

「あの」

エスメがまごまごしていると、ユーリはまなじりを下げた。

「肝《きも》に銘《めい》じろ。お前はベアトリスとは違う。慎重に生きたら、長所を殺すぞ」

ベアトリス女王のように、女が人を導くとはなんたるか。それを学ぶためにニカヤに来たというのに。だが、自分はベアトリスとは違う。憧《あこが》れても努力しても、生まれながらにしてベルトラムの王族である彼女のようになれはしない。

自分の守れるだけのものを、強欲に守りたい。サミュエルに出会ったときから、エスメのその気持ちは変わっていない。たとえふがいなくとも、全力でぶつかってゆきたい。それが「私」で、「私という王杖」なのだ。

そしてベアトリスとはまったく違うエスメだからこそ、サミュエルは自分を見いだしたのかもしれない。

王杖が王の翼となるならば。

「ニカヤの玉座はたったひとつ。その重さはイルバスの玉座とは比べものにならないだろう。王杖もひとりでは足りない。この意味がわかるな」

ユーリの言葉に、全員が神妙な顔をした。

激しい派閥争いの挙げ句、たったひとつの議案すらまともに通せない議会。何度そのようなことを繰り返しただろう。

家臣がひとつにならなければ、重たい玉座を支えることなど不可能なのだ。

「僕が誰かを褒めて、他の誰かを哀しませても、ばらばらにならないでくれるか」

マノリト王は、彼らに問いかけた。

「僕が間違っていたとき、すぐに正してくれるか。そのときはにこにこしていても、後から意見を変えたりしないか」

「陛下……」

「僕の父──クルト王は、玉座に座っている時間を堅く、冷たく、息苦しいと言った。ベアトリス」

「はい」

「玉座とは、そのようなもの？」

「時には」

「時には……？」

「そして時には、愉快で、痛快で、輝かしいものですわ、陛下」

「そうか……」

ベアトリスは、ゆっくりと付け加えた。

エスメは思わず口を開いた。

「シュロさんには、お会いになりますか」

「会わない」

マノリト王はきっぱりと言った。

「でも……」

「僕が命じたんだ。彼女に、ニカヤから出るようにと。秘密裏にひっそりと。すべてディルクに任せた。もうこの国は安全ではなくなったから、大陸へ渡り、家族で余生を過ごすようにと」

クルト王が崩御《ほうぎょ》し、国が混沌《こんとん》とした一時期のこと。貴族たちが次々に亡命した。その際にシュロの一族もニカヤの外へ出たのだという。

どうりで行方が知れないはずである。アテマの手が回っているのなら、周到に乳母の足跡を消したに違いない。

「会わない。玉座に戻るならば、なおさら会わない。シュロは優しく、あたたかった。お母さんというのはこういうものなのかと思った」

「マノリト王」

「だが僕は……不自由を、母のいない世界で生きることを受け入れなくてはならない」

エスメはなおも言いつのろうとしたが、口をつぐんだ。

たった六歳の王の覚悟を、自分が揺るがしてもいいのか。

勢いで進むことと、自分の考えを強引に押しつけることは違う。エスメはそれをよくわかっている。

マノリト王はローガンの手を取った。

「陛下」

「寝室に戻る。みな、騒がせた。明日の朝議《ちょうぎ》で会おう」

マノリト王はローガンをともなって去っていった。歩いてくださいとか、帰りましょうとか、言葉で促されなくとも王が行き先を決めるのは、初めてのことであった。

＊

炎が揺れる。

戦いの火が燃えさかる。

松明《たいまつ》を投げ、シーラは駆けだした。

（お金が、ためていたはずのお金がなくなったりしなければ、こんなことには）

満月の夜、大規模な蜂起を決行する――。ギネスの計画に直接的に加担するつもりは毛頭なかった。だが夜陰に乗じ、母親を連れてひっそりと旅立とうとしたシーラは愕然《がくぜん》とした。藁《わら》を敷き詰めた粗末な寝台。その下に隠したはずの大金が、忽然《こつぜん》と消えていたのである。

全身を藁まみれにして、爪の先から血が出るまで探し回ったが見つからなかった。

泥棒が入った痕跡はない。だからこそ余計に気味が悪かった。血相を変えるシーラに、母はなにごとかと問いただしたが、とてもではないが正直には言えなかった。

赤の王冠について話すならば、盗みについても白状しなくてはならない。自分のために娘が犯罪に手を染めたとあっては、母の病態はいっきに悪くなるに決まっていた。

（お母さんには、新しい働き口が見つかったと、嘘をついていたんだもの……）

そう。シーラの進む道は嘘で塗り固められ、もはや八方塞《ふさ》がりになっていた。この組織にいる間は衣食住に困らないだけの金銭が与えられていたが、裏切れば窃盗の罪を暴かれてしまう。しかしこうして貴族の屋敷に火を放っていることは、窃盗以上に重たい罪であり、どう転んでも彼女は罪人であった。自分ひとりならまだしも、母がいては逃げることも許されない。

「ねえ。本当に火なんてつけなきゃいけないの？　鍬《くわ》や鎌を持っておどかすだけって言ったじゃない」

「黙って従え。あんた、あのことがばれてもいいのか」

ギネスの部下が、含んだように言う。窃盗のことはギネスだけではなく、彼の息のかかった者たちにも知れ渡っていた。

（逃げられない）

次の松明に火をつけなくては。震えながら手を伸ばす。

なんでこんなときに限って雨が降らないのよ。いつも、雨季になったらうっとうしいくらい降っているくせに。

彼女の手首が、がしりとつかまれた。

「連れていけ」

鴉《からす》のような漆黒《しっこく》の髪に、灰色がかった青の双眸《そうぼう》。

そう。この男は国民議会にたびたび姿を現した。ベアトリス女王の次に有名なイルバス人。女王の夫にして王杖。そして女王の不吉な黒鳥。

ギャレット・ピアス。このニカヤでは、パルヴィア伯という名が通っている。

「政治犯たちはすぐさま捕らえろ。黒幕の居所を割らせるまで容赦をするな。女や子ども残らず連れていくんだ」

「嫌、放して!!」

痛いほどに腕を捩《ね》じ上げられ、シーラは悲鳴をあげた。

言ってやるんだ。今こそ。イルバス人なんてここから出ていけって。私たちの豊かな生活を返してよって。

私のお父さんが死んだのも、お母さんが病気なのも、毎日くたくたで苦しいのも、全部、全部、全部あんたたちが。

(本当に……?)

震災も疫病も、どん底の生活から這い上がれないのも、全部イルバス人が悪いの?

本当は、わかっていたから満月の夜までに逃げ出そうとしてたんじゃないの?

マノリト王を取り戻したい、小さな王がかわいそうだなんて、私、ちっとも思ってなんかいない。

だって、王にはあたたかい寝床もおいしい食事も贅沢《ぜいたく》な服も、なにもかもが揃《そろ》っているんだもの。

そのとき、体に衝撃が走った。何者かが兵士の制止を振り切って、ギャレットに体当たりしたのだ。

針金のように細い少年。いつか漁師になると、壮大な夢ばかり語って。その無邪気さに苛立《いらだ》って、シーラは彼を言葉で傷つけてきたのだ。

「ヤン‼」

ヤンはバカである。

ここぞという最悪なときに、正義の味方ぶってしゃしゃり出てきてしまう。

「お母さんは、安全なところに隠した。お前は早く逃げろ」

「でも」

「もうこの街に戻ってくるな！　政治犯は死刑だ。いいから……」

言い終わらないうちに、ギャレットがヤンを捕らえる。軍人たちがヤンを取り囲み、あっという間に縄をかけられてしまった。

「待って、こいつは関係ない！」

「逃げろ、シーラ!」

「でも」

「お前、ここにいるのは金のためだけじゃないだろ」

はっとした。

ヤンはバカだが、本当の意味でバカではない。

「どいてよ」

捕らえられそうになり、軍人の腕にかみついた。シーラはすばしこく駆けだした。スリは逃げ足が命なのだ。

(あの人はどこ?)

あたしが、連れてきてしまったんだ。

マノリト王の乳母、シュロという女の人。

王の乳母にまで上り詰めながら、なぜこんな貧民街でぼろをまとっていたのか、シーラにはわからない。だがこの『赤の王冠』という組織の中で——おそらくギネスよりも——マノリト王を欲《ほっ》しているのはおそらく彼女である。

嘘の情報に惑《まど》わされ、とびきりの蝶が罠《わな》にかかってしまった。

(金さえもらえりゃよかったのよ。後のことなんて知ったこっちゃなかった。でももうお金はないんだから、状況が変わったのよ)

シーラは、盗みをするときはイルバス人から盗《と》ると決めていた。

奪われたものを取り返すだけ。彼女が強引に作り上げた、砂の城のような正義の指標だった。

城が崩れたなら、新たな城を作らなくてはならない。生きるための指標は、身を持ち崩した者にこそ必要だった。

赤の王冠に加担しても、なにも取り戻すことなんてできない。ギネスは耳に心地いい理想ばかり口にして、肝心の汚れ仕事はあたしたちにさせるじゃない。

生きるためなら、悪事に手を染めても構わない。でも、悪事には悪事の、引くべき一線がある。

あたしは、己の正義のために生きるのだ。

＊

「ひどいものだな」

ギャレットはため息交じりに言った。

捕らえられたのは貧民ばかり。少女をひとり取り逃したが、血眼《ちまなこ》になって探すほどのことでもない。おそらくこの騒乱の中心人物ではないだろう。

彼らは言う。赤の王冠。そして消えた資金。

「金で釣って、人を動かすだけ動かしたら、全財産ごと奪うか。外道《げどう》のすることだ」

ヨアキムはいまいましそうに足を揺すっている。

金銭で雇われた彼らは、政治犯に仕立て上げられた。

多額の資金は、後に奪い返すことを見越して用意されたものだったのか。ある程度は使われてしまうだろうが、万が一の逃亡資金のために手元に残しておきたくなるのは人間の心理である。

「これほどの貧民をとりこぼしてしまった我々の落ち度だ」

「すべては救えない」

ザカライアは卓に肘《ひじ》をつき、祈るようにして手を組んだ。

「今の国力で全員を救おうとしては、かえって全員の不満を生む。私たちは選ぶほかない」

ザカライアの言うことはもっともである。

ベアトリス女王は、まずニカヤの社会を機能させなければならなかった。亡命した貴族の代わりに新しい人間を要所に配置しなくてはならなかったし、身動きの取れない重病人を見捨てるわけにもいかなかった。

結果的に、もっとも数の多い一般庶民への対策は後手に回った。マノリト王がしゃべらなくなってしまったこと、それゆえに派閥争いが激化したことも支援の遅れを助長した。

「すべての国民が平等で、幸福な社会になればいいんだけどな」

夢物語のような理想である。エスメならばさらっと言ってしまえるだろうが。

彼女の心は、恐れ知らずにまっすぐだ。

ギャレットのつぶやきに、ザカライアは眉を寄せる。

「身分の差のないなだらかな世界か？」

ヨアキムも難しい表情を崩さない。

「……お前の言うような社会の形をとる国もある。だがニカヤは多様な人種を受け入れ過ぎた。政府の要人のすべてが善人でないと、社会はゆがんでいくぞ」

「わかっている。ただ、調べれば調べるほど、この『赤の王冠』の理想は、俺の言うそのものだと思わないか」

ギャレットは調書を指でなぞった。

捕らえた男のひとりが口を割った。

『赤の王冠』という組織。イルバス人の、もうひとりの王。彼が戴冠すればニカヤの王はニカヤ人のもとへ戻ってくる。そして「本当に、国民全員が幸福で平等な、なだらかな世界」を手に入れることができるのだと。

そうして、貴族たちの屋敷には次々と火が放たれた。あらかじめ間諜たちから得ていた情報のおかげで消火は迅速《じんそく》だったが、あまりにも各地で同時多発的に起きたため、人命を失ってしまった例もあがっている。

「シュロが関わっている」

マノリト王の乳母・シュロ。集会所に出入りする彼女の姿を、部下たちが目撃している。

「王の乳母がこのような裏切り行為を」

王を拐かし、国家へ反逆を企《くわだ》てる。

マノリト王が知ったらどのような思いをするか。ようやく立ち直りかけたばかりだというのに。

「裏切りとは思っていないのだとしたら？　シュロは王を中心とする平坦な世界を望んでいるのかもしれない」

「なぜ？　彼女は王から多額の報奨金《ほうしょうきん》を受け取った。不満などないだろう。人よりいい生活を送れるはずだ」

「調べさせた。彼女の今の姿は、世に言う貴婦人とは遠くかけ離れたものだ」

「というと？」

シュロはマノリト王の手配で家族と共に大陸へ渡った。報奨金と、彼女にとって生涯の宝となるマノリト王からの贈り物——蝶の髪飾りを持って。

「その後夫は事業に失敗。多額の借金を抱え、報奨金はその返済にあてられた。住む家を追われ、王から与えられた使用人にも暇を出すほかなかったらしい」

「赤の王冠から金なんてもらわなくとも、マノリト王に手紙でもしたためればよかったのではないか。それでしばらくの生活費は融通《ゆうずう》してもらえただろう」

「金が目的ではないのだろう」

どんなに苦労しても、蝶の髪飾りだけは手放せなかった。

ときとして人は思い入れにより、けして金銭には換《か》えられない価値を物に与えてしまう生き物である。

「マノリト王とシュロを会わせてはならない。たとえ王が彼女を突き放したとしても、彼女から得た情報をもとに赤の王冠が接触を試みてくるはずだ」

まずは、ギネスという男。この男を叩く。

もっと厳しく、逮捕者を取り調べる必要がある。

ギャレットは眉を寄せ、険しい表情をあらわにさせた。

＊

イルバス王宮、青のサロン。

「アルバート陛下。ご報告がございます」

ウィルは深刻そうな表情である。

「なんだ。サミュエルの決裁が遅れている件か」

アルバートの手もとに、決裁を待つ書類は一枚もない。彼は机にかじりついての作業が苦手で、ついつい銃や剣を手にしては外出してしまう。アルバートは往々《おうおう》にして決裁をためこんでしまう人間である。いつもならサミュエルの方が「遅い」だの「まだか」だのと機嫌を悪くする側だった。

「確かにこの十日ほど、サミュエル陛下から返却があった決裁は一枚もありません」

このようなことは珍しかった。

「あいつはいつまでくたばっているんだ。そろそろ議案も尽きたぞ。先にトリスの国璽《こくじ》を求めて、ニカヤへ書類を送ったらどうなんだ」

「倒れているのはサミュエル陛下だけではありません。我々の配下の者たちが」

「なんだ?」

「体中に赤い斑点を浮き上がらせて、高熱にうなされています」

青の陣営の軍人は、イルバスの厳冬の中で鍛錬を積んだ、体力自慢の男たちばかりだ。ちょっとやそっとの風邪くらいで倒れるような者たちではない。

アルバートは片眉を上げた。前髪をかき上げて、けだるそうにたずねる。

「演習中に何か悪いものでも食べたのか。トリスの缶詰は今や完璧な出来と聞いているが」

「原因はわかりません。とにかく妙なのです」

　はじめは東のはずれに派遣されたとある部隊だった。一小隊の全員が腹痛や発熱を訴え軍病院に運ばれた。その件を皮切りに、みるみる病《やまい》は蔓延《まんえん》していった。

「食べ物も受けつけることができず、彼らは日に日に痩《や》せ細っていきます。この病のおそろしいところは、はじめはたいしたことのない不調であったとしても、それが長期化して、最終的には体力が持たずに衰弱死してしまうことです。市民の間にも病が広がりつつあります。東部地域には代わりの部隊を派遣する予定ですが、具体的な治療法が見つかりません。既存のどんな解熱薬も効かないという、ニカヤで流行していた病と、症状が似ています」

「あれはもう終息したと聞いたが？」

　クルト前国王の存命時、マノリト王が生まれる前に病は終息しているはずだ。

　それがきっかけで経済に打撃を受けたのは確かだが。

　あのときからクルト王は少しずつ国民との対話をおそれるようになり、議会から足が遠のいていった。

　そうして現在の閉塞感へとつながっている。

　まったく同じできごとがイルバスで起こったとしても、ニカヤと同じようにはならないはずだが――……。

「だがその病と、今回の病がまったく同じというわけでもあるまい。侍医団を派遣してすぐに調べさせろ。まったく、サミュエルはこんなときになにをやっている。こういったことは緑の陣営の仕事では……」

アルバートは言葉を呑みこんだ。

サミュエルの発熱。いつもの症状とは明らかに違う。長く伏せったまま、緑の王は議会に姿を現さない。

「サミュエル陛下は意識を失ったり覚醒したりを繰り返しているようです。予断を許さない状況です」

ウィルの表情は硬い。

「……そもそもあの病と似た奇妙な症状というのは、はるか昔にイルバスの王族内でも死亡例があるのです」

「……ミリアム王女の件か」

これは、無関係なのか？

ベアトリスの王杖、ギャレットからの書簡を指でなぞる。

赤の王冠。歴史の渦に飲みこまれ、命を落とした王女の血縁者が仕組んだなにか。

「サミュエルの王杖を呼び戻せ」

「サミュエル陛下の許可なくですか」

「緊急事態だ。王のひとりの俺が許す。トリスへ手紙を書く。彼女もそれを見ればすぐにアシュレイル女公爵をイルバスへ帰すはずだ」

王の病が重いなら、王杖はすぐに帰還せねばならない。

「何人死んでる？」

「……と申しますと」

「ニカヤではその病で、どのくらいの人間が死んだんだ」

「国民の約十人に一人が。そしていまだに後遺症で苦しむ者が後を絶ちません」

「侍医団と会議を開く。サミュエルはしばらく寝かせていろ。誰も弟の部屋へ立ち入らせるな」

「御意《ぎょい》」

アルバートは舌打ちをした。

サミュエルは倒れ、ベアトリスはニカヤで『赤の王冠』を追い、俺はひとり、こうして国難と対峙《たいじ》するわけか。

「いいだろう。王はひとりで十分だ。俺ひとりですべてどうにかしてみせるさ」

第四章

シーラははずむ息をなだめ、注意深く耳を澄ませた。曲がりくねった裏路地は、土地勘のある彼女が身を潜《ひそ》ませるにはぴったりであった。

（シュロを取り戻さなくちゃいけない）

マノリト王の乳母《うば》である彼女は、王の泣き所ともなりうる。その役目を終え、多額の報奨金を得たところまではよかったが、その後移住先の国で財産を騙《だま》し取られ、せめてマノリト王の御世《みよ》をそばで見たいと、彼女はニカヤに戻ってきた。

——驚きました。私が戻ってきてからは一度も、王は議会に姿を現さないのです。代わりに出席しているのはイルバスのベアトリス女王。なにかがおかしいと思いました。クルト王はご逝去《せいきょ》され、ヘラルダ王妃は、出産後に御子に興味をなくされました。私が、私が……このようなことを言うのはあまりにもおそれ多いとはわかっておりますが、マノリト王の母代わりに、尽くしてきたのは私でございます。王のお姿も見られない世になってしまったなんて……アテマ大臣の言いなりになって、国を出たりしなければよかった……。

シュロはわっと泣きだして、ギネスにすがりついた。

どうぞ王をお助けください。このままではマノリト王はイルバスの言いなりにされてしまいます。王が幽閉《ゆうへい》され、領土を奪われてしまったら、もうこのニカヤに春が訪れることはないでしょう。

（ギネスの言う通り、マノリト王はベアトリス女王に奪われてしまうのかもしれない）

しかし、それが正しいか間違っているかなんて、誰も判断できない。

はじめ、この国はベアトリスを歓迎したのだ。カスティアという共通の敵と戦う同志として。そしてイルバスの協力でみごとカスティア軍を撤退させることができた。

後の時代の人たちがそれを「よかった」のか「悪かった」のかを決めるのだ。私たちはただ荒波にもまれ、それぞれの信じる正義のもと、生きていくほかない。

あたしだって、ばかじゃない。

お金は誰かに奪われたんじゃない。きっとギネスが盗《と》ったんだ。彼の手下の誰かが。無尽蔵《むじんぞう》にわいてくる金貨や銀貨に疑問を持っていたのは確かだ。彼らのタイミングは完璧だった。あと少しで足を洗える、というときに渡していた金をごっそりと盗み取ってしまう。逃亡資金を失い、残るのは政治犯になり果てた自分だけだ。

（宝石でもなんでも、金に換《か》えられるものを買って用心深く身につけておくべきだったかな。でも、そうしたら今度は追い剥《は》ぎを装った赤の王冠たちに直接襲われていただけか

も)

深く関わってしまった人間を、引くに引けなくさせる。

正義を心に持つ者なら、そんなまねをしなくても人はついてくる。

赤の王冠が、ギネスごときの男が、国を変えられるわけがないのである。

ギネスにマノリト王を渡してはならない。

ベアトリス女王に渡したままでもいけないのかもしれないけれど、そういったことは、ニカヤ人が考えるべきである。ギネスはイルバス人だ。しょせん他国のことなんて、いざとなったら知ったこっちゃないに違いない。

荒れた庭を踏みしだき、シーラは進んだ。

「シュロ!」

彼女には立派な貴族の家名があったはずだった。その名は捨てたらしい。いまだに大陸の借金取りが、彼女やその家族を血眼《ちまなこ》になって探しているらしいのだ。

ギネスと共に出番を待つ彼女は、捨てられた屋敷の中でひとり、膝《ひざ》を抱《かか》えていた。

ここは赤の王冠の根城になっている屋敷で、シーラもたびたび出入りしていた。ちょっとやそっとの小遣《こづか》い稼《かせ》ぎの連中はここには呼ばれない。今思えば、ずいぶんと深入りしてしまったものだ。こんなに面倒なことになるくらいなら、スリの罪くらい認めて、とっとと自首しておけばよかった。

裏口から屋敷に忍びこむと、シーラはそっと彼女の肩を叩いた。

「シュロ」

「シーラ。どうしたの。作戦では真夜中に王宮へ行くはずじゃ……」

シーラは念入りにあたりを見回した。見張りの男たちがいる。よく見る顔のシーラのことを怪《あや》しんではいないようだが、先ほど貴族の邸宅に火を放っていた連中が捕まったのを聞いているのか、みなぴりぴりとした様子だ。

シーラはシュロの耳元でささやいた。

「港で船が待っている。ひとまずここから離れるのよ」

ヤンはかつての漁師仲間に話をつけていた。彼の手配した船は港を出た後、とある小島に停泊し、しばらく本土へは戻らない予定だ。この船にはシーラの母親もいるのだという。

シュロはわけがわからないといった様子だ。

「なぜですか。マノリト王をお迎えにあがらなければ」

使命感のこもった声音は大きく響く。シーラはくちびるに指先を当て、声を落とした。

「ギネスはマノリト王を丁重に扱うはずがない。人質にする気よ」

「王を人質に、お金でも取るというのですか。ならば王ではなく、どこぞの貴族の令息でも誘拐すればよいのです。王を拐《かどわ》かせば死罪をまぬがれることはできません。それにこれだけの人を動かす資金があるのに、赤の王冠がお金に困っているとは思えない。ギネスの後ろにはイルバスの『善良な』王子がついていると聞いていています」

イルバスの王子がついているのなら、ニカヤはイルバスのものになった方が都合がいいはずである。その王子とやらが王となったあかつきには、ニカヤを統治する権利だけ、ベアトリスから奪い取ればよい。わざわざこの時点でニカヤからイルバスを引かせる必要はない。なのにギネスがやっているのはまったく逆のことなのだ。

「あんた、おかしいってわかんないの。この状況、イルバス側にまったく得がないのよ」

「イルバスの王は仲間割れをしているんでしょう。王位継承者が互いの足を引っ張るために、国益にならないことをするのはままあることです。たとえ王の子どもたちの全員が王になれる国であっても――いや、そういう国だからこそ、争いは激化するのでは？　ベアトリス女王とて、他の王より有利な手札を切るためにこの国にやってきたに違いない。そんなことのためにマノリト王を利用させるわけにはまいりません」

「国のことだかなんだかっていうのはよくわかんないわよ。あっちの国は複雑なんだもの。でもギネスは時折、誰かと連絡を取り合っている。おそらくその『王子』のお使いとやらとね。そのときの彼はひどくおびえた様子よ」

ギネスに心を許したわけではない。中にはすっかり彼に感化されている連中もいるみたいだけれど、あたしは違う。

シーラはずっと、彼の仲間に対する接し方を観察してきたのだ。スリがカモを狙うように、用心深く。

「何度もたずねてくる仲間に対して、『殿下には、うまくやり通してみせますと伝えておいてくれ』って言っていたのよ。幾度も集会が開かれたのに、肝心の殿下は出てこないじゃないの。いったいどこにいるっていうのよ。あいつの考えなんて、その殿下の受け売りを言わされているだけなんでしょうが」

「……」

シュロはせっかくの王と再会できる機会を逃したくないと思っている。

しかし、マノリト王を危険に晒《さら》すことはできない。彼女は葛藤《かっとう》しているのだ。

あとはギネスとシーラ、どちらを信じるかである。

「お願い。あたしを信じて。マノリト王がギネスにどうされちゃってもいいっていうの。ギネスはイルバス人なのよ。イルバス人の得になるようなことしかしない。あんただってニカヤ人だから、お金を騙し取られたんじゃなかったの？」

シュロはくちびるをかみしめている。

「王があんたのために持たせてくれた大事なお金だったんでしょう。イルバス人の口車に乗っちゃだめよ」

「では、あなたはなぜここにいるのです。ギネスのもとに」

それを言ってしまったら信用してもらえない。スリの現場を押さえられたなんて。

ヤンがいればよかった。あいつはバカだが信頼できる。根本的に人が好過《よ》ぎるのだ。

長話が過ぎたのだろう。壁に背をつけて雑談にふけっていた男たちが、こちらに視線をよこす。シュロはまだ信用されていないし、シーラとて金銭を奪い取られた以上、本心から仲間と思われているわけでもないのだろう。不審げな視線である。

「おい、お前らこそ何をやっているんだ」

「私の幼馴染みが捕まったの。そいつからこの屋敷の情報が漏《も》れるかもしれない。注意するように言っているのよ」

男たちは顔色を変える。

「それは本当か」

「あいつはきっとしゃべるわよ。赤の王冠のこと、以前からよく思っていなかったもの」

どうする、といった表情で男たちは顔を見合わせる。

「詳しい作戦を聞かせて。私はギネスからシュロを避難させるように言われているから」

「そんなこと、俺たちは聞いていないが」

「だって幼馴染みが捕まったのはついさっきのことなんだもの。伝令役だって一緒に黒鳥に捕まったのよ。こんなところでぼやぼやしてたら作戦が台無しになるわよ」

たたみかけるように言うと、男のひとりがしぶしぶ口を開いた。

「各地の有力貴族の屋敷に火を放ち、避難のために住民たちが議事堂へ集まったあたりを見はからって、のろしが上がることになっている。こののろしを合図に俺たちは海側から王宮へと乗りこむつもりだ。マノリト王の居室がある宮殿には、海に面した中庭から向かうのがよいと、シュロの情報で……」

「きっとそれは漏れているわ。中庭の入り口にはイルバス兵が待ち伏せているはずよ」

「だが、そうとなればどこから入ればいい？　そもそも俺たちはまとまって動かないといけないんだ。イルバスの兵士たちが消火活動のためにばらばらになっている間に、人数を集めて、王宮まで行進する者たちと、裏口からマノリト王をお連れする者たちに分かれて行動しなきゃならん」

「時間なんて待ってられないわ。今からマノリト王をお連れするように、ギネスから言われているの。今なら消火活動の混乱で警備も手薄になってるはずだし、シュロひとりなら怪《あや》しまれずに王宮に入れるはずよ」

　シーラの口にしていることの、ほとんどが作り話だったが、緊迫した状況は伝わっているようだった。

「ぐずぐずしてる暇《ひま》はないの。王を取り戻せなくなってもいいわけ」

　こういうときの肝《きも》の据わり方は、我ながらあっぱれである。嘘を嘘だと感じさせない。女優になった方がいいのかもしれない。そんなに甘い世界でないことは知っているが、少なくとも投獄されることはない。

「だが、突入合図があるまではここでシュロを守るようにと言われているし……」

「私、行きます」

シュロは決意をこめたように言った。

「マノリト王を助け出すためですもの。これが最後の機会になるかもしれません」

——かかった。

シュロをマノリト王につながる案内人にしてはならない。この蜂起は失敗に終わるだろう。あとはマノリト王、彼が私たちにどんな言葉をかけるかだ。

シーラは自らのこぶしを握りしめた。

＊

「ベアトリス陛下、いかがなさいますか」

エスメの問いにベアトリスは閉じていたまぶたを、ゆっくりと開けた。新緑の瞳が、不安の色を隠せない臣下たちを映し取っていた。

「焼け出された者たちの救助で手一杯です。あちこちで火の手が上がり続け、収拾がつきません」

「怪我人《けがにん》の手当てを最優先にして。あちらの要求は？」

「マノリト王の引き渡しです」

ベアトリスは街でばらまかれているというビラを手に取る。己《おのれ》の悪口や妄言をいくら書き連ねられようと、彼女の神経はびくともしないが、幼いマノリトはこれに傷つくだろう。

ベアトリスはビラをくしゃりと握り潰《つぶ》し、床に落とした。エスメたちはおそるおそる女王の顔色をうかがった。

「マノリト王の目には、けして触れさせないように」

小間使いが、死んだ虫でも拾い上げるようにして、指先で紙くずをつまみ取った。

「彼らは王宮へ攻め入ってくるでしょう。街道に兵士を配置しておりますが……」

「マノリト王の様子は？」

「この事件はお耳に入れないようにしております」

「聡《さと》い子だから、なにかがあればすぐにわかるでしょう。ローガン」

「はい」

ローガンは緊張気味である。いつも笑みを絶やさない女王が、ここまで気を張り詰めているのは久方ぶりのことかもしれない。王杖《おうじょう》のギャレットがそばにいないせいである。

ギャレットは暴動の鎮圧のために市街へ派遣されている。普段はギャレットがこの女王の気まぐれに振り回されているように見えるが、彼を振り回すことでベアトリスは平静を保てているのである。

「何が起こるかわからない。マノリト王を守りなさい」

「御意《ぎょい》」

扉をノックする音がする。赤の陣営の会議に顔を出したのは、アテマ大臣であった。

「部下が負傷しました。イルバス軍の衛生兵を派遣してもらえないでしょうか」

「もちろんです。大臣はお怪我はないのですか？」

「離宮《りきゅう》へ、妹の様子を見てまいりました。あちらには賊も目を向けなかったようです。妹が我が子に無関心であったことが、かえって幸いしたのか……」

ヘラルダ王太后《おうたいごう》は、燃え上がる街の様子にも心を痛めてはいなかった。マノリトさえ無事ならばそれでよいと言い放つと、ドレスを新調したいの、とつぶやいたそうだ。

「離宮へマノリト王を避難させた方がいいと思いますか、アテマ大臣」

ベアトリスが彼に意見を求めるのは初めてだった。自分の気持ちはすでに定まっているけれど、相手を立てるために話の水を向けることはあった。だが今回は、本当にどうするべきかわからなかったのだ。

「いいえ。一時的な避難のために母のもとへ身を寄せるにしても、せっかく回復してきた王によくない刺激になってしまうかもしれません。マノリト王はヘラルダ王太后にただ失望するだけでしょう」

アテマはきっぱりと言った。

「あなたの妹よ」

「我が妹でありながら、国母《こくも》です。そして私は王の伯父《おじ》だ」

その上での意見だと、アテマは続ける。

「――シュロと、マノリト王を会わせていいものかどうか、妹に相談しようかと思ったのです」

「ヘラルダさまはなんと？」

「慣例は曲げないで。私は慣例のためにあの子を産んだのだから、と」

もとよりヘラルダはベアトリスがやってくることもよく思っていなかった。その点でこの兄妹の意見は一致していた。ただし、ヘラルダのは「歴代の王太后がやらなかったことは自分もやりたくない」という考えだったのだが。

「マノリト王は会わないとおっしゃったのに、なぜあなたはシュロのことを持ち出されるの？　王の意志は尊重するべきだわ」

「王としての意志と甥《おい》マノリト個人の心は別だと、心得ているからです。クルト王のときのようなあやまちを、我々はおかしてはならないのです」

シュロの居所は、彼女を隠したはずのアテマ本人も追えなくなっていた。なんらかの事件に巻きこまれてしまったのかもしれない。これは異常事態である。

王の意志と心。この均衡がとれずに、クルト王は自滅してしまった。

ベアトリスは、アテマにするどいまなざしを向けた。

「マノリト王は王としての意志をつらぬかれようとされています」

「だからこそ──心を酌《く》むのは家臣のつとめ！」

アテマは強い声音でその言葉を発した。

ベアトリスはようやく表情をやわらげる。

「マノリト王は、よい家臣をお持ちだわ」

「あの……私も、そう思います。マノリト王のお心を優先したい。クルト王のことがあったから、余計に」

エスメは付け加えるようにして言った。

「シュロさんを探し出します。アテマ大臣にはマノリト王とシュロさんが公式にお会いできるように、お取りはからいをお願いしたいです」

「この混乱の中、どうやって乳母一人を探し出す。もうニカヤにはいない可能性の方が──」

「いいえ、きっといらっしゃいます。マノリト王があれだけ想っていらっしゃるんだもの」

エスメの言葉は楽観的だったが、不思議と聞く者に希望を抱かせるような力があった。

「みなさんは暴動の鎮圧で手一杯になるかと思います。私に任せてください」

「まずあなたの仕事は、マノリト王をお守りすることよ。すべてが片付いたら……乳母を探すことをやってもいいでしょう。ここにいる誰も、異論はないですね？」

　ベアトリスの言葉に、全員がうなずいた。

「今回の暴動、首謀者としてイルバス人が関わっているようなの。ギャレットが情報を吐かせました。ギネスと呼ばれる男……以前緑の陣営に属していた男と、情報が一致しています。私のニカヤ政府への介入をよく思わない『第四の陣営』が動いていると見なして構わないでしょう」

　ベアトリスはこの問題にかかりきりになり、しばらくイルバスの陸は踏めなくなる。

（お兄さまとサミュエルにしっかりしてもらうほかないわ）

　一度手を差し伸べた以上、ニカヤを荒らしたまま放っておくわけにはいかない。

「ここが腕の見せどころよ」

「ベアトリス陛下」

「暴動は鎮圧します。マノリト王は私が守る。王の意志は私が、そして甥の心はアテマ大臣が」

　王としての意志と王個人の心は、ときに相反する。

　私たちはそれを受け入れて生きていかねばならない。

　それを知っているからこそ、家臣の働きに救われるのである。

　王の強さは家臣の強さでもあるのだ。

「我々の強さは揺らがない。見せてさしあげましょう」

ベアトリスの凜《りん》とした宣言に、マノリト王の家臣たちはうなずいた。

＊

ジュストは地図をながめていた。

ワインは空である。使用人が追加を注ごうとしたが、断った。

年を重ねるごとに酒が弱くなってゆく。自分の人生の残り時間が少ないという事実が、日に日に身体に現れてゆく。

勝負に出るとしたら、今年が最後の機会である。

ニカヤは火の海となる。ベアトリスは業火《ごうか》に焼かれる。そしてサミュエルは病魔に冒《おか》され、アルバートは孤立する。

王はひとりで十分だ。この私ひとりで。

(マノリト王を奪うことができたらひとつ飛びにものごとが進むが、本来の目的は幼い王を拐《かどわ》かすことではない)

ニカヤを手にして、カスティアにうまいこと明け渡すことができれば、ジュストの立場は確かなものとなる。カスティアにおける、ニカヤ王マノリトの新しい後見人として。

イルバスがその事態を避けたければ、イルバスの王位継承権を要求することができる。マノリト王はまだ六歳。いとけない子どもでしかない。周りが「王」に仕立て上げるのだ。誰かが手を差し伸べれば、子どもは迷わずその手を取る。

乳母を国外へ逃がしたのは、彼らの失態だった。ジュストの手が伸びているとも知らずに。

彼女はイルバスへの不信を深めている。そのように誘導するのはたやすいことだった。あとは、ギネスの働き次第。そして予想外の出来事が起こらぬよう、星に願っておくほかあるまい。

夜空には銀の星がまたたいている。

不吉な星だった。ジュストはカーテンを引いて、蠟燭《ろうそく》の火でギネスからの報告書を焼いた。

＊

石造りの天井に靴音が響いた。

うだるような暑さの夜でも、この地下牢だけはひやりと冷たい。看守たちはしめった床を踏みしめ、押し込まれた政治犯たちに変化がないか確かめていた。

「出ろ」

ギャレットが声をかけると、膝を抱えていた少年が顔を上げた。

「捕鯨船の持ち主と連絡が取れた。お前はシロだ」

少年は、ヤンという。他の逮捕者たちと毛色が違っていた。話はおぼつかず、落ち着きもない。だがねじ曲がった思想や悪意は感じなかった。こういった連中と付き合う少年たちはたちまちに感化されて、鋼鉄のような思いこみに支配されてしまう。

大人よりもそれは極端で、なかなか抜け出すことができない。

しかしヤンはよくも悪くも柔らかい。多くは望まず、自分の手の届く範囲のものを大切にして、生きてきたのだろう。

「船長がいい人でよかったな」

ギャレットにうながされ、ヤンはのろのろと牢を出る。

「あの、俺これからどうなるんですか」

「家に帰るんだよ」

「でも、俺逮捕されたんですよね」

「なんだ、不服なのか」

「そういうわけじゃ……」

ヤンは落ち着かなそうに足踏みをしている。なにかを考えている顔だ。

「誰かをかばっているんだろう。あの少女か?」

彼はどきりとしたようにギャレットを見る。

「捕まったんですか」

ギャレットは正直に答えることにした。

「今行方を追っている」

「捕まったらどうなるんですか」

「火の手に飲まれ、逃げ遅れて死んだ人間も出ている。本来であればまず間違いなく死罪だ」

「その……赤の王冠がマノリト王を奪還できて、マノリト王が赤の王冠に味方すれば、無罪?」

なにをこんなところでごちゃごちゃと言っている、とギャレットはあきれた。そう考えていたとしてもバカ正直に確かめる必要などない。さっさと出ていけばいいのだ。

「それはこの騒動を起こした者たちの勝手な理屈だ」

「あいつ……あそこまで悪いことのできるやつじゃないんです。本当なんです」

ヤンはギャレットに詰め寄った。看守があわてて彼をギャレットから引き離す。

「生活が苦しくて、親父さんが死んで、おふくろさんも病気だから、だからちょっと、金持ちからお金盗《と》ってただけで、いやそれも十分悪いことなんですけど、でも本人だって悪いことをしてるってわかってました。だからイルバスが悪いって、自分を正当化するためにそう言わなきゃやってられなくて」

あいつ、というのはおそらくあの少女のことだろう。

ヤンの交友関係は逮捕時に洗っている。シーラという名の少女は、彼の幼馴染みである。きつそうな美人で、貧民街で暮らしている。

ヤンは彼女のために漁師になった。いつか金持ちになって、シーラと共にこの国を出るために。酒が入って気が大きくなったときに、漁師仲間にはそう語っていたのだと言う。

(そう。彼の夢は「この国を出ること」だった)

「希望」はニカヤの外にしかない。そう思わせてしまったのは、国を統治する者の責任である。幼いマノリトのせいではない。ベアトリスにしても最下層に手を差し伸べることで精一杯。自分が、やらなければならなかったのだ。

イルバス人だからといって、国民議会でもギャレットは一歩退《ひ》いていた。配慮のつもりだったが、「逃げ」の言い訳にしていた側面もあったことは否定できない。

すべてを救い出すことはできない。そう分別のあるふりをして、後回しにしてしまった。救い出すことができないことと、救い出そうともしないことは、大きく異なるというのに。

「あいつは、あのギネスってやつに騙されたんです。じゃんじゃか金渡してきて、おかしいと思ってた。でもそうしなきゃ、あいつはもっと……あいつ自身が傷つく仕事をしなければならなくて……」

ヤンの言葉に、ギャレットは幼いときの自身を思い出していた。

リルベクにたどり着く前の自分を。幼い頃は、その日のパンにも苦労する貧しい暮らしをしていた。

今でこそ王杖と呼ばれ、公爵の位《くらい》を手にし、女王の夫としてベアトリスの隣に立っていることができる。だが彼女と出会っていなかったら、孤児の自分はどこかで野垂れ死んでいたかもしれない。

人の出会いは、人生を一変させてしまうのだ。

おそらくこのヤンにとっては、シーラがそうだったのだろう。

「俺が悪いんです。俺に金があったら、あいつと一緒にもっと明るいことを考えていられた。こんなことにはならなかった」

「国が悪いとは言わないのか」

「俺は両親も健在だし、自分も元気です。あいつより条件は恵まれてる。それでも貧乏なんだ。女の子と、その病気の母親の、たったふたりを助けてやることもできないくらい……俺が力不足なんです。あいつがスリとか、火付けとか、やらなきゃいけなかったのも俺が」

「お前は悪くない。それは彼女の弱さだ」

ギャレットはきっぱりと言った。

「彼女は根っからの悪人ではなかったのかもしれない。だが弱く、愚かだった。だから甘《かん》言《げん》に乗った。どんなにきつい状況でも、悪事に手を染めない者は大勢いる。それこそ『自身が傷つく仕事』をしてでも」

「そんな言い方ないだろ！」

看守が、再び彼を牢に戻そうとする。ギャレットはいい、と首を振った。

「俺、あんたのこと信用していいんですか」

「なぜ？」

ヤンの言葉に、ギャレットはいぶかしむような声になった。

この少年はこれ以上ここにいても、いいことはひとつもない。冷たい言葉で突き放したつもりだった。

「あいつの居所を無理やり吐かせようとしてこないから……」

「彼女はまだ若い。主犯格の男に洗脳され、いいように使われていただけだと立証できれば罪は軽くできるかもしれない。しばらくここにいてもらうことにはなってしまうが、それだけだ」

ヤンはたちまち明るい顔になった。親切心を出し過ぎたと思う。ギャレットはみずからの甘さにため息をついた。

＊

「マノリト王、こちらへ。これから騒がしくなりますから、静かなところへお連れいたしましょう」

ベアトリスの命令で、エスメとローガンはマノリト王の支度を始めた。

女官たちを連れていっては目立つ。三人はひっそりと、船に乗って移動することとなった。

大変な役目をおおせつかった、とエスメは思った。しかしギャレットが市中へ、混乱する宮廷をまとめるのがベアトリスとアテマ大臣、地方での暴動を防ぐために宮殿を離れることになったザカライアやヨアキム、彼らの協力を得られないとなると、動かせる手札は限られている。

（シュロさんを探したかったけれど、すぐにでもというわけにはいかないのがもどかしい）

しかし致し方なかった。マノリト王が安全でなければシュロとの再会も叶《かな》わないのだから、まずは彼を守らなくてはならない。

「なんと、ユーリ王子もご一緒ですよ、うれしいでしょう」

ローガンが明るく声をかける。マノリトは声にこそ出さなかったが、小さくうなずいた。

王宮前の大通りを、武器を持った市民が行進し始めたとの報告を受け、避難は急がれた。

ユーリの持つ船に乗り、しばし彼がねぐらにしているという小島に滞在することとなったのだ。

港から捕鯨船が出入りするぶんには怪しまれない。捕鯨組合はユーリの子どもや孫たちで構成されている。彼らは全面的に協力する態勢をとった。

「逃げなければならないのは」

マノリト王は、消え入りそうな声で言った。

「ベアトリスの方じゃないのか？」

エスメはぎくりと肩をこわばらせる。

そう。マノリト王は反政府派が旗印として望んでいる人物だ。マノリト王への忠誠心を、彼らはなくしていない。恨まれているのはベアトリス女王陛下だ――。

「ここに残って、ベアトリスは平気なのか？」

「平気です。ベアトリス女伯はお強いですから」

「でも、怒った国民はなにをしでかすかわからない。さまざまな国で政変はあった。王がずっと変わらない国なんて、めずらしいんだ。……特に僕みたいな小さい王がいる国は

「……」

マノリトは、一生懸命しゃべっているようだった。時折つかえながらも、なんとか言葉を紡《つむ》ぎ出そうとする。

「僕がベアトリスのそばにいた方が、彼女は安全ではないのか」

隠していたつもりだったのだろうけど、やはり聡《さと》い。

嘆願に押し寄せてくると説明していた市民たちの正体が、実は暴徒の群れだということに、この王はすでに気がついている。

「すべてをご存じなのですね、マノリト王」

「うん。だから、僕はベアトリスの側にいた方がいいのではないかと思う」

「それは違います」

ローガンははっきりと言った。

「たとえマノリト王がベアトリス女伯にひっついていたとしても、力ずくで引き剝《は》がされます。ベアトリス女伯が自身になつくように仕向けたと、彼らは思いこんでいるんです。マノリト王の目を覚まさせなければと、むしろ余計に熱が入ってしまう。あなたがなにを訴えても……」

「そんなの事実じゃない」

「事実でないことも、積み重ねていけば事実にできてしまうのです。彼らの中ではね」

「僕がなにも言わなかったからか?」

マノリトがたずねる。その表情は石のように変わらなかったが、言葉には彼の感情の片《へん》鱗《りん》が見えた。

「──なにかを口にしても」

エスメはマノリトの手を取る。

「ひとびとは、己《おのれ》の都合のいいように物事をとらえます」

「……」

「ですが、口にすることで自分の見たい世界を、形づくることができるかもしれません。ときによっては言葉は余計な虚飾となり、毒になることもありますが、言葉がきっかけとなり、世界が変化していくことも、確かにあるのです」

エスメは、マノリトに言葉を失ってほしくはないと思っていた。

「おぶさってください」

マノリト王は素直にエスメの背に体を預けた。あたたかい。たった六つの王が心を閉ざすような世界ならば、変わらなくてはならない。

私たちが、変えなくてはいけないんだ。


国民議会でザカライアと激しい舌戦《ぜっせん》を繰り広げていた捕鯨組合の長・ヨナスは、自分の身体の一部のように船を操っている。

ゆらめく波は、小舟をもてあそぶようにして揺らす。

エスメは船酔いしないよう、風を受けて深呼吸をした。

（そういえば、サミュエル陛下にお手紙を書けていない。怒られるだろうな……）

不機嫌まる出しのサミュエルの顔を想像し、エスメは沈鬱《ちんうつ》な面持《おもも》ちになった。

だいたい、サミュエル陛下だって最近は全然返事をくれないのだし、私ばっかり怒られるのは違うと思う。そのあたり、もしなにかお手紙でおっしゃってきたらハッキリ書いても……いや、やめておこう。

（サミュエル陛下、今頃どうしていらっしゃるんだろう）

帰ってきたら話したいことがあると言っていた。あれはいったい何だったのだろう。だんだんサミュエルのことが気になり始め、エスメはやきもきとしてきた。

（だめだ、まずはマノリト王をお守りすることだ。シュロさんも探さないといけないんだから）

ころころと表情を変えるエスメを、ユーリがものめずらしそうにながめている。

「あんた、そんなんで腹芸はできそうにないね」

「え？」

「好きな男のことでも考えていたんだろう」

「すっ……」

エスメは魚のようにぱくぱくと口を開け閉めしてから、ようやくの思いで口にした。

「そ、そんなことはないです。尊敬している方のことではありますが」

「おや、秘密の恋かい。あったなあ俺も大昔は。ふられたけど」

「なんで秘密なんですか」

「だってあんた、王杖っていうのは王と結婚するもんなんだろう」

「アルバート陛下とガーディナー公は結婚していませんが」

ユーリはあのなあ、とあきれたような口調になった。

「この場合、普通はベアトリス女王とギャレットのことだろうが」

「お似合いのおふたりだと思います」

「あんたのところは違うのか?」

「私のところ……?」

「あんたと、サミュエル王だよ。異性同士の組み合わせなら結婚するんだと思ったんだけどね。まあ王杖が女性っていうのも前例のないことだし、必ずしもそうではないのかな。婚礼の式典はマノリト王も呼んでもらえるんだろう。今ならぎりぎり同行できるかと思っていたんだが」

ヨナスが笑い飛ばす。

「七十超えてイルバスへの船旅は無理だよ、じいさん。己の体力を過信しすぎないほうがいい」

「途中でくたばったら海にでも放りこんでくれりゃいいさ」

「一応自分が王族だってこと忘れないでくれよな。そんな適当に葬れるか」

軽口を飛ばし合うふたりをよそに、エスメはユーリの言葉を心の内で反芻《はんすう》していた。

けっ……こん……？

いや……でもサミュエル陛下はそんなこと一言も……？

エスメは大きな声で、ヨナスとユーリに宣言した。

「なにも言われてません！」

「お、おう」

「なにも、私は言われていません」

「言えなかったんじゃないの。あんたニブそうだし」

「え」

「国に帰ったら盛大なプロポーズが待ってたりしてな。あはは」

「あ、あはは……」

エスメは苦笑いするほかなかった。サミュエルが？　自分に？　プロポーズ……？

「どう思う、ローガン？」

「ぼ、僕に聞くんですか」

ローガンはおたおたとしていた。そして言いづらそうに口にした。

「あの、サミュエル陛下からそういうわかりやすい兆《きざ》しって、実はあったんじゃないかと思うんですよ」

「どこに……？」

「あ、あの、ほら、リボンとか！　アシュレイル女史がつけているそれ！　普通なんとも思っていない女性に自分が身につけてたものなんて渡さないんじゃないかなあ」

エスメはリボンに触れた。ペリドットの飾りがきらりと揺れる、エスメにとっては気に入りの品となったそれ。旅立つとき、サミュエルが餞別《せんべつ》にとくれたものである。

「それに、サミュエル陛下が渡してくれた詩集だって、全編にわたって思いっきり恋の詩なんですよ」

「サミュエル陛下は、イザベラ王太后《おうたいごう》さまの影響で詩がお好きだよ。そもそも恋って、詩の題材になることが多いじゃない」

もちろん、自然のすばらしさや郷愁《きょうしゅう》の気持ちを歌うものもあるが。

エスメに教養をつけさせるために選ばれた詩集が、たまたま恋の詩であった可能性だって否定できない。

いつもサミュエルが眉間《みけん》に皺《しわ》を寄せてぶすっとしているので、考えを読み切れないところがあるのは確かだが。

「好きだったとしても、なんとも思ってない人に恋の詩集は渡さないですよ。誤解されたら嫌じゃないですか。だから……」

「それ以上は言うな」

マノリト王の、澄んだ声が響いた。

「サミュエル王も嫌だろう。自分の気持ちを憶測《おくそく》でああだこうだと。エスメが国に帰ったら直接聞けばよいだけの話だ」

もっともである。一番小さなマノリト王がこの場の誰よりも正論を言っている。

エスメとローガンのやり取りをニヤニヤして聞いていたユーリとヨナスは興《きょう》が削《そ》がれたようで、酒を飲み始めた。

「気にするな、エスメ。大事な人だからこそ、言えないこともあるのだ」

マノリト王。大人だなあ。いや、まだ小さくていらっしゃるのだけれど……。

エスメは感心してしまった。同時に、ベアトリスがあくまで彼を王として扱っていた理由がようやく腑に落ちた気がした。マノリト王は王であろうとしている。その意志を尊重するのも家臣のつとめなのだ。

〈マノリト王個人の心を大切にすることにしたアテマ大臣。マノリト王の王としての意志を守ることにしたベアトリス陛下。どちらも正しい家臣のありかただ。私は、サミュエル

陛下にとってどんな王杖であればいいのだろうか）

僕が落としたものを、お前なら拾い上げてくれる。

サミュエルはそうしてエスメに手を伸ばした。サミュエルを王たらしめるのは、エスメであると。

王杖は王の意志を反映させる。鳥籠《とりかご》から動けない王の代わりに、その翼をはばたかせる。女性が人を導くことのなんたるかを教わるため、エスメはニカヤにやってきた。女性とか、未熟さとか、そういったことは自分から引き剝がせない札である。色眼鏡で見られることもあるし、それが大半である。

（私は、自分がどんな王杖でいたいのかを決めてしまう前に、偏見をねじ伏せるにはどうしたらいいのか、そればかりを気にしていたんだ）

国を渡っても変わらない。ベアトリスやギャレットはイルバス人であることに悩み、ザカライアやヨアキムは赤の陣営に入ったことで悩み、マノリト王は子どもであることに悩んでいる。

だがみな、ぐらつく足場の中、己の意志で立っている。

大切なのは己の意志をつらぬき通す心だ。自分の軸がしっかり通っていなければ、迷いもするし悩みもする。そして己で仕掛けた罠にはまってしまうのだ。

「到着したぞ」

ヨナスの言葉に、エスメは甲板《かんぱん》へ出た。海風にあおられながら、陸地をながめる。

ここはユーリ王子が隠れ家《が》ならぬ隠れ小島として使用している場所で、俗世間の喧噪《けんそう》から離れたいときに使っているらしい。島にはこぢんまりとした屋敷が建ち、使用人が何名か、交代制で働いている。行き来できるのは船のみなので、使用人たちはもと漁師や、その妻である。

怪我《けが》や病気で働けなくなった漁師とその家族を、ユーリは屋敷や船の管理人として受け入れたのである。

「俺が釣った魚を食わせてやるよ」

マノリトに声をかけると、ユーリはにかっと笑った。

マノリトは小さくうなずいて、指をさした。

「ここからも物見塔が見える」

それは、まっすぐに伸びる白い塔であった。ニカヤの海を見渡せるその塔に、かつてユーリ王子はアデール女王とのぼったことがあるのだという。

ユーリは懐かしそうに目を細めた。

「あれを見たら、春の詩を歌うといい」

彼は軽快に歌いだした。ニカヤ語だったが、エスメにはすべて意味がわかっていた。それはイルバスの国歌だ。

アデール女王がこの国から持ち帰ったものの中で、もっとも大切なものであった。

エスメはマノリト王の前にしゃがんだ。条件反射のように、マノリトはエスメの背におぶさった。

彼はエスメの背中が気に入ったようである。

「誰かいるぞ」

ユーリ王子は突然歌うのをやめた。

島の木々が揺れる。物陰からふたつの人影がまろび出てきた。

ローガンがすらりと剣を抜く。

「みなさん、下がってください」

ここはユーリ王子と、彼の子や孫たちしか知らない島である。だが仲間を示す合図がない。仲間同士が鉢合《はちあ》わせした場合はカンテラを上下に動かして、合図を送る決まりになっているのだ。

船に戻るべきか？

逡巡《しゅんじゅん》するエスメの前に姿を現したのは、いつかの見た顔だった。

市場でぶつかってきた、薄汚れた少女。

「あのときの……」

「シュロ」

マノリトがぽつりとつぶやいた。

「え？」

エスメは目をこらす。よく見れば、少女の背後に立つひとりが、感極まったように口元を手で押さえている。女性のようだ。

あれがシュロか。探そうと思っていた人物が今ここに姿を現すなんて。

ユーリが感心したように言った。

「引き寄せるなあ、アシュレイル女史」

「わ、私なんですか」

ローガンは警戒をといていない。シュロは赤の王冠への関与が疑われているのだ。

エスメとて、いつでもレイピアを抜けるようにしておくほかないが……。

「背中から降りますか、マノリト王。シュロとお話しされますか」

「降りない」

マノリトはきっぱりと言った。

「でも」

「僕は会う気はないと言った。今もそれは変わらない」

動こうとしないマノリトに、シュロは必死に声をかけてくる。

「陛下、私でございます。シュロでございます。ああ、最後にお会いしたときよりも大きくなられましたのね。こちらへ来て、お顔をよく見せてくださいませ」

「……マノリト王は、お会いになるつもりはないと言っています」

「そんな」

シュロはうろたえた。

「ベアトリス女伯に毒されたのですか。ヘラルダ王太后さまも、たいそう心配しておいでした。ベアトリス女伯のせいで、マノリト陛下が悪い影響を受けるのではないかと」

ベアトリスの部下の前でよくもそんな台詞が言えるものである。シュロはよくも悪くもマノリト王のことしか頭にないのだろう。

「どうしてここへ？」

ヨナスがたずねる。

「ここは俺たちの身内しか知らないはずだ」

「漁師の船を使わせてもらった。あたしの幼馴染みが、その漁師に雇われてたの。もうクビにされたみたいなんだけど。手切れ金代わりにお願いをひとつ聞いてくれたのよ」

「あなたは、いつか私にぶつかってきた人だよね。名前は？」

「シーラ」

彼女は簡潔に言った。

「ここにマノリト王が来るとは知らなかったの。とにかくシュロをギネスから引き離したかった」

「詳しく話を聞きましょうか」

ローガンは剣を下ろした。

空が曇ってきている。建物の中に落ち着いたほうがよい。

それに、ここにシュロが現れたのは、反政府運動と無関係ではないはずだ。確認しなければならないことは、山ほどにある。

緊張した様子のマノリト王をかばうようにして、エスメはローガンの背後に回り、用心深く女たちをながめていた。

＊

逮捕者の数はふくれ上がった。ギャレットは休む間もなく働いた。

不審な人物を見かけるたびに兵を動かしたが、不発に終わることもあった。そして満月が空にのぼる頃、市民たちが王宮に向かって行進を始めた。

王宮への侵入を防ぐため、ギャレットとヨアキムは大通りで市民たちを待ち受けていた。

「パルヴィア伯よ。このたびの反政府運動をどう見る」

「どうとは」

「俺はな……クルト王のときから引きずっていた問題を片すことのできなかった、ニカヤの家臣である俺たちの手落ちだと思っている。イルバスはだしに使われただけだ」

「その言葉はありがたいが、俺はそうは思っていない」

国を出なければだめだ、そう思わせる世の中にしてしまった。その責任の一端を、ギャレットは強く感じている。

ヤンの言葉はまっすぐで飾りけがない。だからこそギャレットの胸に深く突き刺さったのだ。

「ギネスという男を捕まえろ。女王陛下からの命令はそれだけだ」

「どうするんだ、それから」

「そして国民議会へ引きずり出す。この国では王に直接訴え出る手段がある。それを利用せず民《たみ》を焚《た》きつけて暴動を起こさせるなんて言語道断だ」

生活に苦労をしている人々に金銭と助言を与え、議会で直訴《じきそ》するように手助けをすることもできたはずだ。だがギネスは国民議会の公平性について疑念を抱かせ、暴力的な手段に訴えるように誘導したのだ。

松明《たいまつ》を持った民たちが、ギャレットをにらみつけている。この憎悪の感情はすべて女王に向く。

彼女に届く前に、この剣をもってなぎ払う。

紅蓮《ぐれん》の旗が揺らめく。

戦いの合図だ。

咆哮轟《ほうこうとどろ》く中、ギャレットは馬の腹を蹴った。

＊

イルバス国、東部地域――。

ウィルは珍しく、険しい表情だった。王はそばにいない。

サミュエル国王は寝台から起き上がることもできない。ベアトリス女王はニカヤから動けない。

「王が三人もいるというのに、アルバート陛下を王宮に留め置かなくてはならないとは」

アルバートとこうして長期間にわたり離れているのは、いつぶりなのだろうと考えた。

少なくともベアトリス女王が戴冠し、彼女が多くの政務を引き継いでからは、ウィルは王の側を離れずに済んでいた。

己の直感を信じ、突き進むアルバートを支えるのがウィルの役目。近くにいなくてはやりづらい。

（この病《やまい》は赤の王冠の仕業《しわざ》だというのか。それとも偶然か？　少しでも時機がずれればこ

こまで王たちをばらばらにすることはできなかった)

思えば、イザベラ王太后がエルデール修道院へ行くことになったあのときから、歯車は回り始めていたのかもしれない。

「後続部隊。荷ほどきを終えたら、救援活動を最優先にしろ。野営病院の建設は間に合っているな。輸送用の馬車はいくらあっても足りない。近隣の村へ馬を借りる交渉をしてこい」

ウィルの命令に、部下たちはうなずいた。

(人手不足だな)

こういうときに動くのは、緑の陣営の役割である。サミュエル国王が病に倒れ、アシュレイル女公爵不在の今、勝手に緑の陣営の人材を動かせない。

共同統治の不便なところだ。

「サミュエル国王の意識は戻らないのか」

「王宮から連絡はいまだに……」

「アルバート陛下もさぞかし苛立《いらだ》っていることだろう」

「申し上げます!」

早馬である。ようやくの吉報か。

すでに救援活動のために二十日《はつか》を費やしている。

「カスティア国境付近で小競《こぜ》り合いが起きております」

「確かなのか」

「はい。すでにアルバート陛下が現地に向かわれたとの、ことで……」

使者のそばでは、泡を吹いた馬が倒れている。よほど飛ばしてきたのだろう。

カスティア国境付近。ここから急いだとしても四日はかかる。

「陛下はなんとおっしゃっていた」

これが一番重要であった。

アルバートは勘にすぐれた男である。小競り合い程度で済んでいるならばいいが、六十年前のような全面戦争になったら――。もうリルベクに敵兵を誘いこむ手段は使えない。相手も同じ策にはまるほどばかではないし、リルベクの守護者ベアトリスもいない。

「妹弟とクローディアさまを頼む、だそうです……」

ウィルの背筋が、ぞっと粟立《あわだ》った。

――かなり厳しく見ているのか、この状況を。

「引き継ぎをするから指揮官たちをここへ呼べ。今すぐに！」

間に合わないかもしれない。

自分たちは少しずつ、ばらばらにされていたのだ。共同統治の隙《すき》をつくように。

「どちらへ向かわれるのですか。国境ですか、それとも王宮ですか」

「陛下の命令に従う」

「王宮へ？　ですがアルバート陛下はあまり多くの兵を引き連れていらっしゃいません。各地の救援活動にかなりの兵数を割いています。王都の守りは緑の陣営に任せては……」

「王杖は、王の鳥だ。王が望む方向へ飛ぶのがその役割だ」

アシュレイル女公爵が間に合えば、緑の陣営を各地へ派遣できる。手紙はもう着いただろうか。しかし――。

一刻も惜しかった。普段鷹揚《おうよう》な彼らしくなく、ウィルは声を荒らげて部下に指示を飛ばし始めた。

＊

「おいたわしいこと」

サミュエルの額《ひたい》を撫で、クローディアはため息をついた。

玉のように浮かび上がる汗を拭《ふ》き取ってやる。

女官たちは気が気でないようだ。

「クローディアさま、もしサミュエル陛下のご病気がうつったら……」

「わたくしは平気です。頑健さを買われて、アルバート陛下の婚約者になれたのですもの。

それにエルデール修道院にいたころは、年中病人と一緒でしたわ」

アルバート陛下も、きっと心穏やかではないはず。

（本来ならばアシュレイル女公爵はもちろん、ベアトリス陛下にも帰ってきていただきたいところだけれど、そういうわけにもいかないのね。わたくしがしっかりしなくては）

おそれ多くも、アルバートから王妃にと望まれた身である。

三人の王がばらばらになってしまった。この王宮には病で臥《ふ》せるサミュエル国王のみ。どの陣営の王であろうと分け隔《へだ》てなく、力になるのが長兄王アルバートの婚約者であるクローディアのつとめである。

護衛の兵士が、扉の前で焦ったような声をあげている。

「クローディアさま」

「どうしました？」

「山間部より不審な火を発見との報が。なにかの合図かもしれません。すぐにでもお逃げください」

「なにかの合図……？」

「この手薄になった王宮を狙って、敵対勢力が動きだしているのかもしれません」

「『赤の王冠』……でしょうか」

「詳細はまだ。今ピアス子爵が情報を集めてくださっていますが……」

だが、敵にとって攻めるなら今が好機だ。

「わたくしより、サミュエル国王をお隠しするのが先です」

――そういう狙いだったの。

赤の王冠については、アルバートから話を聞いた。そのような組織が暗躍し、かつてのミリアム王女の子どもが、王冠をみずからの頭に戴《いただ》くべく国を荒らし回っていると。その魔の手はニカヤやカスティアにも延び、もはや周辺諸国を巻きこんだ動乱になりつつあると。

「もし、赤の王冠の狙いがこの王宮にあるならば。わたくしがサミュエル陛下と共に逃げおおせている隙に、ここを乗っ取るつもりなのかもしれません」

「いかがいたしますか。ガーディナー公は王宮に向かっているはずですが、とても間に合いそうにありません。クローディアさまとサミュエル陛下の身の安全を最優先にしていただかないと……」

「――明かりを消しなさい。この城中の明かりを」

今日は曇り空。ちょうどよいではないか。

「サミュエル陛下をお隠しして。そして女官たちは避難させなさい。玉座《ぎょくざ》にはなんぴとたりとも触れさせません」

ちょうど陛下に射撃を習っていてよかったわ。

……でも、わたくしはなんでも壊してしまうから、きっと使いこなせないわね。

焦った様子の護衛官に、クローディアは大切な眼帯を託した。

「どうなさるおつもりです」

彼女の金色の瞳がまたたいた。

暗闇はクローディアに味方する。王たちが不在な以上、味方は増やしておこう。それがたとえ、ただ眼前に広がる闇であっても。

「留守を守るのは女の役目です」

クローディアは革の手袋を取り出した。

怪力のクローディアに飛び道具は向いていない。

「アルバート陛下にお伝えください。わたくしたちの婚約式は延期いたしましょう。お城の修繕に、かなりの費用を要しそうですから」

きっと、人間ならば、うさぎや鹿ほどすばしこくはないでしょう。

手袋をぎゅっとはめこみ、クローディアは蠟燭の火を吹き消した。

第五章

雨宿りにユーリの屋敷に落ち着くと、シュロは滔々《とうとう》と話し始めた。

マノリト王から受け取った財産を、大陸で使い切ってしまったこと。夫は鉄鉱山を掘る事業に出資したのだが、その計画は頓挫《とんざ》した。報奨金《ほうしょうきん》を注ぎこんだだけでなく、大規模な鉱山開発のために前借りした金もあり、新天地の住まいとして購入した屋敷すら手放すことになってしまった。

「鉄鉱山と言いました？」

ローガンは確かめるようにしてたずねた。

「ええ。カルマ山という……」

「ベアトリス陛下が盗掘者を捕らえた山だ」

「あれは、亡命したニカヤ人がカスティアに味方したので起こった事件ではないのですか？」

エスメはそう理解していたのだが、シュロは「とんでもない」と首を横に振った。

「私たちには祖国に仇《あだ》なすつもりなんてみじんもありませんでした。取った鉄をなにに使うのかも、知らなかったんです……」

「その投資の話はどこから持ちかけられたのですか？」

「新天地に引っ越したばかりの頃、ニカヤ人は珍しかったらしくて、さまざまなお宅に招いていただきました。そのうちのどこかでのことだと思います。直接話を聞いたのは主人であったので、聞いてみればわかるかもしれませんが……」

　思ってもみない事件がつながりそうである。そうなると、赤の王冠はエスメたちが気がつくずっと前から、このときを狙って水面下で準備を重ねていたということになる。

　エスメがカルマ山の事件についてかいつまんで説明をすると、シュロはみるみる顔を青くした。

「マノリト陛下。せっかくいただいた資金を失ってしまっただけでなく、存じ上げなかったとはいえカスティアに味方することになっていたとは、合わせる顔もございません。誠に申し訳ございませんでした」

「よい。新しい生活資金は、僕の私財から渡す。それで今度こそ平穏に暮らせ」

　マノリト王は淡々と言った。

　シュロは思い切ったように頭を下げる。

「おそれながら申し上げます。このシュロをもう一度、陛下のおそばに置いていただくことはできませんか」

「それはできない」

「なぜです。ベアトリス陛下がいらっしゃるからですか」

「なぜみな、そこでベアトリスの名を出すのだ。戴冠したら乳母《うば》は王宮を出ていく。これが決まりだ。ベアトリスがニカヤへ来る前からのな」

マノリトの言葉に、シュロは信じられないといった表情を浮かべた。

「陛下の手を引いて、庭を歩いたときが懐《なつ》かしいですわ。もう二度とあの日々が戻ってこないと思うと、胸がつぶれてしまいそうです」

さめざめと泣きだしながら、彼女は言葉を重ねた。

「ヘラルダ王太后《おうたいごう》さまがあのようになってしまって、私としても困惑《こんわく》しました。でもマノリト陛下はいじらしいくらいよい子であらせられた。王は私の誇りです、だからこそ心配なのでございます。この国から春は遠ざかってしまった。だから……」

「誇りに思っているならば」

マノリトは言葉を切った。

「なおさら離れているべきだ。議会に顔を出さなかったのは僕のせい。お前がそんなに思い詰めることになったのも僕の責任だ」

「そのようなことはございません」

シュロは涙ぐんだままである。

このままでは話し合いが平行線になりそうであったので、エスメは口を挟んだ。

「マノリト王は、確かに最近までお身体の具合が悪くていらっしゃいました。そのために外に出ることもままならなかったのです。ですが今はこの通りお元気でいらっしゃいます。議会にお姿を見せてくださることも可能でしょう。シュロさんは、安心されて大丈夫なんですよ」

じっと話に耳を傾けていただけのシーラがため息をつく。

「安心したいんじゃないんでしょ。不安でいたいんでしょ、この人は」

「え……?」

「自分がマノリト王にとってまだ必要とされている状態であることを確かめたいのよ。この人にとって、人生の一番輝かしいときがマノリト王の乳母であったときなんだから。安心してこの場を去るなんて、一見いいことのように思えるのかもしれないけど、シュロにとっては辛《つら》いことなのよ」

シュロははっとしたような顔をしながらも、否定はしなかった。

「なにがマノリト王のためになるかを考えて、乳母の自分がそばにいることが一番だと思った。そう言いたいんでしょうけれど、結局は自分の立場を取り戻したいだけなのよ」

図星であったのかもしれない。シュロはみるみる顔を赤くする。

「そ、そんなふうにシュロさんの気持ちを決めつけるような言い方は……」

「いえ、シーラの言う通りです」

シュロは羽織っていたマントをにぎりしめた。

「私の戻る場所がマノリト王のおそばなら、失う前の人生を取り戻せるかもしれないと思ったのです。夫は借金ですっかりまいってしまっているし、子どもの将来も心配で。でもマノリト王にお金を工面《くめん》してもらってなんとか生きながらえるなんて、情けないではないですか。だから……もしベアトリス女伯がマノリト王になにかよくない影響を与えているのだったら……私が助けて差し上げなければと……」

シュロの声はどんどん小さくなってゆく。

「本当に……シーラの……彼女の言う通りなんです。ビラを見て義憤に駆られてしまったけれど、本当は自分本位の考え方をしていたんです。そしてそのことを、見ないふりをしていたんです……」

「わかるわ。人間ってそういうところあるもの。あのビラを読んで怒っている連中だって、全員が全員、本当のところはあなたと似たような気持ちなのよ。もちろん、あたしもはじめは同じだったわ」

エスメは感心したように言った。

「あなたはすごいね」

「どこがよ」

「そうやって、人の気持ちをぴたりと言い当ててしまうところが」

「恵まれていて、能天気なイルバス人にはわからないわよ」

「確かに私は、恵まれているんだと思う」

エスメはひとりごとのように、そうつぶやいた。

王杖《おうじょう》……女公爵という立場を手にしたこと。サミュエルやクリス、周囲の人々のおかげで、故郷スターグが無事に救われたこと。たくさんの仲間ができたこと。エスメひとりががむしゃらにイモを育てていた頃は、絶対に届かなかった幸福を手にしたはずだ。

それなのにもう追い詰められている。

自分で自分を追い詰めて、こんなに遠くまで来てしまった。

「人というのは、きっと不安でいないと安心できない生き物なんですね」

「意味がわからないんだけど。言葉の使い方が間違っているんじゃない？」

「えっと……なんと言えばいいのか……みずから不安を作り出すことで、逆に安心する状態を生み出している、と言いたいのですけれど……」

「エスメはこう言っている。問題の本質から逃げるために、人は別の問題を作ってしまうものなのだと」

マノリト王は、エスメの本意をニカヤ語に訳した。

「あたし、そんな難しいことを言ったかしら……」

シーラの反応はいまいちであったが、エスメは自分の言いたいことをすべてマノリト王が代弁してくれたので、恐縮してしまった。

「そうです。私はそういうことが言いたくて……」

「目の前の、自分に都合のよい問題に囚《とら》われて、本質を見失ってしまう。そうする方が楽だからだ。そしてその手近な問題が解決すれば、人生のすべての問題も解決すると思いこんでしまうのだ」

ローガンと漁師たちは、王の言葉にそれぞれ感心した。

「マノリト王、すごいです。たった六歳でそんなことをお考えになるなんて……！」

ヨナスは渋面《じゅうめん》だ。

「俺は、マノリト王にはもっとのびのびとした思考でいてもらいたいもんだがね。王宮はおそろしい場所だ」

「だから俺には合わなかったんだ」

ユーリは後ろ頭をかいた。

「六歳の子どもが言う台詞《せりふ》じゃない」

マノリト王は仕方がなさそうな、大人びた笑みを浮かべてから続けた。

「シュロの夫には、新たな役職を与える。ニカヤで取りこぼされてしまった市民……彼らに対して支援の手を差し伸べなければならない。国庫に資金がない中、厳しい状況となるが、夫婦ともども助けてもらえるか」

「もちろんでございます、陛下」

「ただし、僕のそばにいることはできない。地方へ旅立ってもらうことになる」

シュロは残念そうだったが、ゆっくりとつぶやいた。

「ご成長あそばしたのですね。ご年齢からは考えられないほどの……その聡明さと堅実さ、私だけ遠くから心配させていただいてもよろしいでしょうか」

マノリト王はうなずいた。

「僕は……蝶のように自由でいたいと思っていた。しかし蝶も、よりどころがないことを不自由に思っているのかもしれない。だから今の僕で、できることをするだけだ。シュロが心配してくれるというのなら、それを励みにするとしよう」

話がまとまったところで、シーラが口を開いた。

「あたしを逮捕してちょうだい」

「え……？」

「あたし、赤の王冠にずっと協力していたのよ。貴族の屋敷に火だってつけたわ。これって大罪でしょう？　その代わり、私の身代わりで捕まったヤンっていう男がいるの。そいつは釈放してあげて。本当に無関係なやつだから」

シーラがあまりにもあっさりと告白するので、エスメは面食らった。

「赤の王冠の一味だと言うのなら、なぜこんなところにいるのですか。他に仲間もいないみたいだし……」

「シュロだけ連れて逃げたのよ。最後まで付き合わされたらたまんないから。マノリト王奪還なんてだいそれたこと、あたしは考えていなかったんだもの。はじめはスリの現場をギネスに押さえられたから、仕方なくって……」

「スリをされていたんですか」

「そうよ。悪人なのよ、あたしは」

そうなのだろうか。ならばなぜシーラはここにいるのか。本当に悪人ならば、シュロを連れ出すことなんてしなかったのではないか。

「赤の王冠のことなのですが」

エスメは用心深くたずねた。

「金銭をばらまいて、協力者を集めていたと聞いています」

「話が早いわね。私もそのひとりよ」

「協力者の顔ぶれはさまざまです。盗人《ぬすっと》や売春婦、そして身内から罪人を出したために世間で生きづらくなってしまった者。普通の生活を送るのにはままならない事情を抱えてしまった人たちに、ギネスは声をかけていたと……あなたがたも、被害者のひとりなのです。

だから……」

「その理屈は通らないわよ。ヤンは貧乏だけど赤の王冠の言葉には耳を貸さなかったんだから」

シーラは吐き捨てるように言った。

「裁《さば》きはいかようにも受けるわ。ただ、私たちがここに乗りつけた小舟の中で休んでいる女の人がいるの。私の母親で、流行病《はやりやまい》にかかっている。彼女のことは保護してもらいたい。母は潔白なの。私が悪さをしていることなんて知らない。できるかしら」

「かけ合ってみます。いえ……私がお母さまを保護します。マノリト王……」

「ひとまず彼女の母親を保護しろ。手当てが必要なら受けさせて」

ヨナスが船の様子を見に行った。ローガンはためらいながらも、シーラに縄をかける。

「なにか、僕に言いたいことがあるか」

マノリト王はシーラにたずねた。

「僕は長らく議会に出られなかった。民《たみ》の意見に耳を傾けられない日々が続いた。今、なにかあるならば聞こう」

「……イルバス人は、私たちに不親切だわ」

エスメは苦い顔をする。ギネスの声に賛同し、暴動に加担するほどまでに鬱憤《うっぷん》をためこんでいた民がいること。すべてがギネスのせいだけでないことは、明らかである。

「ニカヤは、ニカヤ人の国だ。だがニカヤも元は多くの民族の集合体。そのようには考えられないか」

「とても」

シーラは首を横に振った。

「私たち貧乏人はあまりにも生きることに追われ過ぎて、表面的な部分でしか物事を考えられなくなっているの。でもそれはこの国にいるイルバス人も同じよ。私たちニカヤ人のことを、なにもできない、無力な人間だと思っている」

エスメは声を張った。

「そんなことは、ありません。だけどわかり合えないことも多くあるのは事実です。生まれが違えば育ちも違うから。少しずつ、長い時間をかけて歩み寄っていくしかないんです。そのために国民議会があるのではないですか」

議会を見たとき、驚いた。同時にとても感動したのだ。このニカヤという国の風通しのよさに。イルバスでも国民議会があれば、もっと市井《しせい》の人々と近づける。一体化して、よい国を作ろうと思えるのではないかと。

「もし不満があるのなら、私たちに直接伝えてください」

「ベアトリス女王は議会にも出ないのに？」

——そうか。ピアス公は女王陛下の安全のために、彼女を議会に出さなかったから……。

ピアス公の立場なら、女王の安全対策を万全なものにしたいだろう。しかしシーラのような民の言葉を無視するわけにもいかない。

「私が出ます」

エスメの言葉に、マノリト王は驚いたような顔をした。

「やめておけ。エスメはまだ言葉が完璧ではない」

「でも、せっかくニカヤに来た以上、議会に出ずに帰るなんてとても考えられません。私に直接訴えてください。言葉が完全に通じなくても、気持ちが通じ合えば、伝わってくるものもあるんじゃないかと思うんです。わからない言葉があったって、心で受け止めます！」

ユーリはあきれている。

「おそろしく楽観的だな」

「でも、アシュレイル女史らしいというか……うーん……」

ローガンは心配そうではあったが、こう言った。

「まあでも、アシュレイル女史の顔を見て、市民たちは安心するんじゃないでしょうか」

「確かに、それはそうかも……」

「いい意味で庶民くさいというか」

さんざんな言われように、エスメはうろたえた。

「褒《ほ》められてはいないですよね、今のって……」

ユーリは顎《あご》ひげをさすっている。

「ベアトリス女王はあの通り生まれながらにしての女王だし、ギャレットは女王の品位を損《そこ》なわないようにと、隙《すき》を見せようとしないし、あのふたりに親しみやすさはないかもな」

「議会向きなのかもね、あなた意外に」

シーラの言葉に、エスメは少しだけ励まされた。何か向いていることがあるというのなら、庶民くさいというのも悪くないではないか。

「では、赤の王冠の策略に巻きこまれてしまった人たちを代表して……シーラさん、議会に立っていただけますか」

「あたしが?」

「スリは犯罪ですが、それをたてに強請《ゆす》り、さらなる犯罪行為に加担させるなんて、もっとひどいと思います。赤の王冠の罪は明るみに出すべきです。また、そうした場を設けることによって赤の王冠の手口を広く公表して、これ以上の被害者を増やさないようにできるし、勇気を持って告発した人たちを減刑させることもできます」

議会を開こう。赤の王冠が暴力に訴えるというなら、こちらは正々堂々と、言葉で戦おう。ニカヤは言葉で戦う国である。

「死刑になる覚悟であんたたちに接触したっていうのに」

シーラはふうんと、つぶやいた。

「あんたって、なんだか思ってもみない未来に、すべてを変えていってしまう人なのね」

変化の星。

いつか占い師ノアに言われたその言葉を、エスメは今ひとたび思い出していた。

*

王冠はない。

この国は、私の国ではないから。

ベアトリスは目を細めた。頭が軽いということは、時折ならば気分がよい。

「ご機嫌はいかがかしら、ギネス元男爵」

ギャレットが、彼の体に縄をかけている。

ニカヤ王宮に集まった大勢の政治犯たちが取り押さえられていた。

「ずいぶんと暴れてくれたようね。おかげで私の信用は傷つけられてしまったわ。そしてイルバスの信用もね」

ギャレットは、すべて自分が片をつけると言っていた。事実その通りにするだろう。彼がベアトリスの期待を裏切ったことなどない。

　けれどベアトリスは黙っているつもりはなかった。女王はどうしても城の中でおとなしくしていなければならないことが多い。男のように剣を振るい、戦地に飛びこむには腕力や体力に劣るし、不利なことばかりだ。

　だからこそベアトリスは工業を学んだ。罠《わな》をしかけて、こちらに誘いこむ。女の戦いは、やみくもに突っこんでいくだけでは必ず負ける。知恵を使わなくてはならない。

「想像もしなかったかしら？　まさかよその王宮に私が手を加えるなんて」

　中庭から王宮へ向かうまでの小さな庭には、手製の爆弾を敷き詰めた。

　明かりを消した王宮で、敵はまんまとその手にかかった。おどかす程度のわずかな火薬しか使用していないが、暴徒を混乱に陥《おとしい》れ進行を止めるには十分である。

　夜陰に乗じて王を攫《さら》う計画は、必ず失敗する。あとはギネスが予想通りの動きをするかが作戦成功の肝《きも》だった。

「マノリト王の居室へ向かうには海側から進むのがてっとり早い。あなたがシュロを抱きこんだ時点で王宮内の情報は筒抜けになってしまった。けれど、それであなたの動きを逆に予想することができた」

「……ギャレット・ピアスに、我々の仲間を少しずつ捕らえさせていたのも誘導というわけか？」

「そうよ。一斉に逮捕してしまったらあなたたちはすぐに計画をあきらめて、組織を解散させてしまう。そうしてほとぼりが冷めた頃、また根も葉もない噂を流す活動を始めるでしょう」

　図星のようだった。ギネスはベアトリスをにらみつける。

「仲間は多少捕らえられたけれど、計画は遂行《すいこう》できないほどでもない。ここまでことを大きくしたなら、やれるだけのことをやろうとするでしょうね。あなたは少人数で進むことを選ぶ。シュロの教えた最短経路を選択するのは当然よね？」

　すすだらけになったギネスの顎に扇《おうぎ》を当て、上を向かせる。

　彼のくちびるには血がにじんでいた。

「火薬の量を調整するのは大変だったわ。うっかり殺してしまったら黒幕の居場所を吐いてもらえないものね」

　ベアトリスは低い声で続けた。

「ジュスト・バルバはどこにいるの？」

「殿下はどこにでもいるし、どこにもいない」

「そういう実のない答えは嫌いなのよ」

　ギャレットに目配せをすると、彼は縄をきつくしばり上げ、ギネスを地面に倒した。彼が体を蹴り上げると、ギネスの口からは悲鳴があがる。

「サミュエルが不要だと言うはずね。この程度の男ならばどの陣営にも置いておけないわ」

「サミュエル陛下は……間違っている……あのような小娘を王杖に据えて、貴族の議席はみずからの取り巻きで埋めてしまった……おかしいんだ、イルバスもニカヤも……王たちは耳に痛い意見など聞こうともしない、知らんふりをしてばかりいる……」

ギャレットは、ギネスの過去をすべて知り尽くしている。

周到に隠されたジュストのものとは違い、ギネスの情報は無防備だった。

「ノアに爵位を売っただろう。その前にも民から徴収した税金を個人の借金の返済に当てていた。せめて発言に聞く耳を持ってもらえるくらいの人物になったらどうなんだ」

──この男は捨て駒ね。

ギャレットの言葉にかっとなったギネスは唾《つば》を飛ばしてなにかを怒鳴り散らしているが、もはや言葉になっていない。

「あなたたちの真の目的はなに？」

ベアトリスは気味が悪くなった。

政変を起こすには、ギネスはあまりにも力不足である。もし裏でジュスト・バルバが糸を引いているのだとしたら、六十年も経《た》って今さら、なぜこのような事件を起こす。それもニカヤの地で……。

ギネスはにやついている。そして息を大きく吸いこんだ。

「やめなさい！」

舌を嚙み切ろうとしている。気がついたギャレットが口に縄を入れこじ開けようとするが、やがてギネスの体には赤い斑点が浮かび上がった。

「これは……」

ギネスは呼吸を乱し、陸に打ち上げられた魚のようにのたうち回る。

「なにか飲んだんだわ。毒かしら」

ギネスの胸ぐらをつかみ、ベアトリスは揺すった。血泡を吹いた口元から、小さな菓子のような固形物が出てきた。ふたつに嚙み砕かれている。

ギャレットはそれを拾い上げた。

「調べる必要がありそうですね」

ほどなくしてギネスは息絶えた。

ベアトリスとギャレットは目を見合わせる。

雨がぽつり、ぽつりと、ベアトリスの白い肌を濡らした。やがて細い糸のようになったそれは、あっという間に煙を消してしまった。

雨季の降雨は突然だ。わかってはいたはずなのだが。

「あと少し早く降られていたら、火薬がしけっていました。簡単にはギネスを拘束できなかったでしょう」

「今夜は晴れると計算してのことだったけれど、予想が外れたみたいね」

場合によっては、取り返しのつかない結果をもたらしたかもしれない。

このわずかなくるい。寒気がする。

暴動はやみ、不気味な静寂《せいじゃく》が横たわっていた。

＊

赤の王冠による『満月の蜂起』は、ニカヤ国内で嵐を巻き起こした。

逮捕者およそ五百人。マノリト王の奪還を目標に王宮まで押し寄せた彼らのほとんどは捕まり、後《のち》に国民議会が開かれることが発表された。

赤の王冠に煽動され、過激な思想を植えつけられた者たちはこの議会に勇み立っていた。ギネス亡き後も「イルバス人をニカヤから追い出す」という旗を降ろすつもりはないらしかった。

過激派を議事堂に入れることに、さまざまな意見があった。だがマノリト王はこれを受け入れた。

万全の警備体制のもと、彼の誕生日式典に合わせた大規模な国民議会となる。

シーラはそのうちのひとり、『赤の王冠《くみ》』側の人間として登壇することになっている。彼女は罪人だった。赤の王冠に与した者、そして窃盗犯。国民議会のために牢から出されたシーラは、手足に鎖をつけられていた。

(あたしが受け入れたことよ)

母はマノリト王の温情で王都バハールの大きな病院にうつった。シーラの身内であることも、周囲には隠してもらっている。信じられないくらいの待遇だった。シュロを連れて、赤の王冠から離れたことが最終的に母を救ったのだ。

発言者の席には、長い黒髪を結い上げた少女が顔を出した。

──エスメ・アシュレイル。

シーラの相手は彼女だった。

イルバス国、国王サミュエルの王杖である彼女がニカヤにやってきたことは、先日ようやく公式に発表があったばかりだ。ニカヤに来たばかりで日も浅く、ニカヤ語も十分でないとあって、彼女の登壇は意外なものだった。

「政府側はもう我々の説得をあきらめたのかもな」

「てっきりザカライアかヨアキムを出してくるものだと」

「反イルバス派の神経を逆撫でさせないよう、最低でもディルクだろう。なぜイルバス人の、しかもベアトリスでない方の王の側近なんだ。これじゃ不満は収まらないぞ」

外野の声は激しくなる。シーラの鎖にぎょっとした顔をする少女や、眉をひそめる母親たちの声は無視をした。

近くの席で、ヤンがはらはらとした顔でこちらを見ている。

「シーラ・カジャリア。まず赤の王冠に接触したきっかけを」

ザカライアに問われ、シーラは淡々と話し始めた。

金銭に困っていたこと。母親は病気で、誰も手を差し伸べてくれなかったこと。いつしかイルバス人を恨むようになっていたこと。そして、イルバスから奪われたものを取り返すと称して、犯罪に手を染めたこと。

言葉にしながら、シーラはこれまでに思いを馳《は》せる。

あたしが正義と呼んでいたものは、恥ずべきなにかだった。

所詮《しょせん》言い訳しなければいけないような正義なんて、正義ですらないのだ。

落ちるところまで落ちたのだ。一度は死刑も覚悟した。

エスメ・アシュレイルはただシーラの言葉に耳を傾けていた。彼女は自分の言葉を理解できているだろうか。心で受け止める、というやつ。できるわけないのに。この国は言葉で戦う国なのだ。その言葉には、それぞれの人生の価値観が詰まっている。あたしの人生はどこにでもころがっているような貧乏人のなれの果てそのもので、あたしの言葉に価値なんてない。受け止めようのない薄っぺらな言葉だ。

「あなたの苦しみは、あなたの原動力になり、あなたの行動の指針になったということですね」

「……？　ええ」

いったいなにを言いだすのだろう、この子は。

シーラの今までについては、犯罪者が強請《ゆす》られて、さらなる悪事に手を染めたというだけの、単純な話ではないのか。

「今回の騒乱で、ひとつはっきりとしたことがあります。私たちイルバス人が政権に介入したことにより、ニカヤの国民のみなさんが、あるべき春の形がわからなくなってしまったことです」

話が思わぬ方向に飛び、聴衆たちはけげんな顔をした。

「ニカヤはもともと多民族国家でした。だからこそこのニカヤという土地を……そこで得られた人とのつながり、春そのものを信じていた。ですが時は流れ、ニカヤ人の中に『国家』という、かつてのものとは似て非なる結束力が生まれたのです。かつての春の存在は少しずつ希薄になっていった。大昔、震災が起こり、疫病が流行《はや》り、ただ春を信じていれば良い時代は終わりかけていた。大昔、ニカヤに定住を決めた人々は、恵まれた気候に、まぶしいまでの海と陸地に惹きつけられた。そんな先人たちの感動は、時代をくだるごとに薄れていった。そこでよそ者である私たちイルバス人が入ってくるわけです。春の存在はますます希薄になる。そして春の象徴であるマノリト王は姿を見せない」

「何が言いたいのか、よく……」

「あなたは春を取り戻したかったんでしょう、シーラ。本質を見抜くのはあなたの得意分野であったはず」

「そんな詩的な感性なんて持ち合わせちゃいないわ。生活に困って身を持ち崩しただけよ」

あたしはなにを取り戻したかったんだろう。

スリをする前……家族が全員揃《そろ》っていたとき、あたしは幸せだったのだろうか。

新品の服がなくても、他の家の子が持っているものを持っていなくても、父さんと母さんがいて、日々温かい食事が口にできれば、それでよかった。そのときはこれが幸せなんて思いもしなかったのだけれど。

もう取り戻しようもないときになって初めて、幸せとは何だったのか、それを知ったのだ。どんなに財布をスったって、えらい人の家に火をつけたって、私が取り戻したいものは永遠に戻ってこない。

「本当にほしいものは、もう手に入らないのよ」

声は震えていた。

議事堂は静まり返った。

エスメは、シーラの目を見つめていた。

「それでは、問います。赤の王冠はあなたに金銭を与えました。それをもってしても、あなたのほしいものは手に入らなかった？」

「お金なんて、ちっぽけなものじゃ――」

春は訪れたりしない。

「簡単になくなるじゃない、お金なんて」

「では何を手にしたいですか、これから」

「あたしにこれからなんて……」

「あなたの思うこれからが、この議事堂に集まっているみなさんの『これから』なんです。それぞれの気持ちが、夢が集まって国家になり、ニカヤの春になるんです。この国はそうやって、国という形になったのだと、私は聞いて育ちました。ここにいらっしゃるみなさん」

エスメは言葉を切った。

「私の認識は、間違っているでしょうか？」

人々は首を横に振った。そのための国民議会だった。王と民は手を取り合って生きてきた。

「きれいごとよ。ここでいくら夢なんて語ったって、現実に手に入るわけないじゃない」

「それでは語らなくても同じですよね」

「？　ええ……」

「言っても言わなくても同じなら、言ってしまった方がいいんじゃないですか？　言うだけはタダですよ。舞台は整っているんですから」

この絶妙に気の抜けた感じは、なんなのだろう。

張り詰めた空気がゆるんで、くすくすとした笑いが漏れてくる。

（もしかして、この子）

ここにいる連中に共感して、不満のガス抜きをして、空気をつかむのが上手なんじゃないの。

シーラの悲痛な気持ちが、柔らかな空気に包まれて薄れてゆく。

「案外面白いな」

「今日の議会、期待外れだと思ってたけど」

あちこちからささやきが聞こえる。

エスメは、はきはきと続ける。

「なんでも言ってしまっていいんじゃないですか。すべては無理かもしれないけれど、一部は叶《かな》えられるかもしれない」

「家族を取り戻したいなんてことは、難しいんじゃないの」

シーラは声を震わせた。

「物やお金でどうにかなることだったら、あたしたちはこんなに苦しんでいない。お金を出せば手に入るものだったら、中には真摯《しんし》に努力して、自分の力でそれを手にしようとする人もいるでしょう。どうやったって手に入らないものだから、そしてそれを他のもので埋めようとするから、むちゃくちゃな手段を取ろうとするし、こんなに苦しくなるのよ」

「あなたのお父さまは、残念ながら亡くなっていますね。流行病で。けれどお母さまの治療に関しては、我々にできることがあるかもしれません。それから、辛い経験をしたあなたが、『むちゃくちゃな手段』について語ってくださることが、今ニカヤで同じ経験をしている人たちへの、ひとつのメッセージとなります」

私の恥が、私の過《あやま》ちが、私の正義とならなかったものが、誰かを救うことがあるとでも？

だが、目の前の彼女はそれを信じているのだ。曇り空のような灰色の瞳をまっすぐにこちらに向けて、シーラの発言をうながしている。

「今日は、私の見てきた赤の王冠の実態について語るわ」

注目が一身に集まった。

シーラの赤裸々な告白を、大衆はそれぞれの思いを胸に聞き入った。

各々《おのおの》が、ひとりのニカヤ人として。

＊

シーラの告白が終わり、そして次々と赤の王冠の協力者が議会で発言をした。男は職を失い、女は夫を失い、若者は鬱屈《うっくつ》を晴らすため、老人はその日の食べ物ほしさに、それぞれの理由で赤の王冠の術中に落ちていった。

イルバスを憎むことは、彼らにとって簡単なことだった。春を見失った原因をイルバスに見つければよかったのだ。

ベアトリスは議事堂の面々をながめた。赤の王冠の関係者はほぼ逮捕できた。だが肝心のジュスト・バルバの行方はようとして知れない。

エスメから報告を受け、ベアトリスはマノリト王のそばに控えることにした。自分の存在がニカヤの民によい印象を与えないのではないかと危惧《きぐ》し、表だった公務はギャレットに一任してきたが、本来は女伯としてここにいなければならない立場である。

(黒子の役がすっかり板についてしまったけれど、隠れてばかりでは痛くもない腹を探られてしまうわね)

本来の、この国での役目をもう一度思い出すことにしたのだ。

ベアトリスは立ち上がった。

「このたびの蜂起で捕らえられた主犯格はイルバス人でした。古くからイルバスはニカヤの善《よ》き友人です。私はそのことを証明するために役目につとめてまいりました。そうである以上、このような大きな出来事になる前に、私が女伯として、そしてイルバスの王としてこの問題を解決しなければなりませんでした。みなさまに不安や動揺、そして損害を与えたことを心より謝罪いたします」

場はしんと静まり返る。

ベアトリスはゆっくりと頭を下げた。

イルバスからやってきた冬の女王。誇り高い彼女が、初めて公《おおやけ》の場でみずからの非を詫びた。議事堂の民たちは息をのんだ。

「ニカヤは私の第二の故郷です。国民議会には出席していませんでしたが、みなさまの声はパルヴィア伯から私へ伝わっており、嘆願書にもすべて目を通しています。ニカヤの繁栄は私の喜び。今まで以上に、みなさまのお役に立ちましょう。ニカヤの民がこれ以上、病や飢えに苦しむことのないように。マノリト王や、私を含む王の家臣たちで新たな取り決めをいたしました。この先はマノリト王から発言していただきましょう」

ベアトリスは目配せをする。

「マノリト王、お言葉を」

マノリト王は立ち上がった。

「まず、本日証言をした者は減刑を認める」

彼の言葉に、登壇者たちはほっとしたような顔をした。

ギャレットが付け加えた。

「赤の王冠についてだが、今回の政変騒ぎの首謀者であるギネスは自死をした。これにてニカヤでの赤の王冠の活動は一時的に収束したとみなしているが、まだ残った反イルバス派がいるかもしれない。彼らは真にニカヤのことなど考えていない。都合よく利用されるだけだ。口車には乗らないように」

マノリトは続ける。

「ベアトリスの言っていた新たな取り決めについてであるが、国営事業を立ち上げたい。造船所を増やし、雇用を生み出したいと思っている」

ヨナスが手を上げる。マノリトは発言を許した。

「造船所は今でもある。国営の立派なものが。若手の漁師が船を手に入れやすくするために、国が手を貸してくれるということか？」

「それもあるが、船のしくみを変えようと思う。もっと遠くへ、もっと安全に航海ができるよう、水中で回転する翼を取りつけた、新たな蒸気船を造る。成功すればニカヤの漁業、海運業は発展を遂げる。これはベアトリスの知恵を借りる」

蒸気船。人々は顔を見合わせる。

「国防にも役立つ。海上戦はニカヤの軍がもっとも得意とするものだ。防衛と経済の発展、どちらの策も取るならばこれが適切と僕は判断した。ただし、膨大な資金を必要とする。成功すれば大きいが」

「失敗したらますます国が傾くか」

「そういうことだ」

「面白い」

ヨナスは声をあげて笑った。

「ちまちま作った缶詰を売ったりするのは性に合わない。気ままに海へ飛び出し、帰ってくるのがニカヤ人だ。船を造るためだっていうのなら、税金取られるのもしばらくは我慢してやってもいい。クビにした見習いは造船所で働かせることができるんだろう？」

「もちろんだ」

ベアトリスがいればこそ、生まれた案である。彼女の知識とニカヤ人の特性を合わせて、現在のニカヤに新たな強みを作ろうとしている。

「発言をさせていただきたい」

とある市民の代表が手をあげた。若い男である。マノリト王がうなずき、発言を許した。

「造船所の件は、とてもいい案だと思います。ですがマノリト王は体調が優れず、長らく臥《ふ》せっておられたと聞きました。噂にあるように、ベアトリス女伯のせいではないのですか」

勇気をもっての発言だったのだろう。男の手は震えている。

「女伯は」

マノリト王は言葉を切った。

「女伯は、この国の力になるためにニカヤへやってきた」

ベアトリスは頭を下げた。

「我がニカヤの国庫は厳しいものだ。同盟国イルバスには助けられている。そして家臣……ザカライアとヨアキムは父の時代からニカヤに仕《つか》えた大切な人材。ベアトリス女伯のもとで働くことで、我が国にも春をもたらしてくれる。影響という意味では、彼女の存在はたしかに大きい。だが僕自身は『悪影響』であるとは思っていない。『赤の王冠』の件は残念ではあるが、ベアトリス女伯がいればこそ次の策が生まれたことも事実。早くに父を失ってしまった僕にとって、王とはなにかということを教えてくれる人の存在は貴重だ」

「ベアトリス女伯のような王になられたいということですか？」

「いや。ニカヤの王とイルバスの王は違う。そのことを、ディルクをはじめとするニカヤ人の家臣が教えてくれる。そして民が、僕に春とはなにかを教えてくれるのだ」

春を民から教わる。

そのような発言をした王は、初めてだった。幼き王だからこそできる発言であった。

「僕が臥せってしまったことと、ベアトリス女伯は無関係だ。我が家臣の手厚い助けにより、僕はこうして民に姿を見せることができるようになった。心配をかけたようだが」

マノリト王は続けた。

「僕は正しい春の形を知らなかった。誰かにとっての正しさは、誰かにとっての不幸だった。正解がないことが苦しかった。しかし、それをふまえて進むことの強さを、僕は人から教わったのだ。ニカヤの春は、人々の中に、民の理想の中にある。僕はその春のかたちを、温度を、できるだけ多くの数を知りたい。今のニカヤには、すべての民に春を与えることは約束できないが、議会を開く回数を増やそうと思う。誰かが語れば、誰かが耳を傾ける。それはニカヤにとって風となる。心が通い合えばあたたかな風となり、ニカヤに春をもたらすだろう」

「しかし、マノリト王は病《や》み上がりです。あまり負担をかけるようでは……」

アテマ大臣が難色をしめす。

「議会あっての王、議会あっての春だ」

マノリトは凛《りん》とした声をあげた。

その言葉に、議事堂には拍手があふれた。

彼らはきっと、マノリト王の言葉から「春」を感じ取りたかったのだ。

今はまだすべての人にとって心地よい春は遠くとも、ただ王が春を目指しているということを、知りたかっただけなのかもしれない。

末席で、シュロが目元を拭《ぬぐ》っている。

「本日は僕の七回目の誕生日。みなで国の未来と、春の来訪を願ってほしい」

マノリト王の誕生日式典が始まる。

輿《こし》が運ばれ、議事堂の周囲には人々が詰めかける。

花があふれ蝶が飛ぶ。どうか早く、そしてできるだけ長く、あたたかな常春がこの国を包み込むことを、人々は願っていた。

「私の役目は、ここまでとなりそうね」

笑顔で迎えられるマノリト王を目に、ベアトリスは肩に落ちかかる髪をかき上げた。

「どうなさるおつもりです」

ギャレットは思案顔になる。

「せっかく民がマノリト王の春に希望を見いだしたのだもの。冬の国からやってきた私は、今しばらく後方に下がるわ。もちろん造船所の運営に関しては全面的に協力するし、旗振り役もつとめるつもりよ。国民議会にも出席してイルバスへの信頼を取り戻す。でも、今後宮廷はアテマ大臣たちを中心に回していくことになるでしょう」

「イルバスには帰らないと？」

「マノリト王に王とは何たるかを教えていけるのは、この私だと自負しているの。だからマノリト王が成人するまではこの地を離れられない。政変騒ぎが起きたことで、ニカヤの民が揺らぎやすい一面を持っているということがわかったのは収穫よ。マノリト王の治世を安定したものにするために、足場を固めていくしかない。これは慈善活動ではない。私の家臣はニカヤの家臣でもあるの。もちろんあなたも含めてね」

今回は、この国を業火《ごうか》で焼かずに済んだ。だが次もそうなるという保証はない。

マノリト王は聡明だ。しかし知能が優れていることが統治に生きるかは、約束されない。本人の能力は凡庸《ぼんよう》でも、運のよさだけで難局を乗り切った王も存在する。

「マノリト王がどのような春をもたらすのか、神のみぞ知ること。そして私もひとりのイルバスの王。これ以上目立つことはイルバスのためにもニカヤのためにもならないと判断したの。少し早いけれど、マノリト王の臣下にふさわしいニカヤの次世代を育てましょう」

「御意《ぎょい》」

「ベアトリス女伯。イルバスから急ぎの書簡が届いております。アルバート陛下と、ベンジャミン・ピアス殿から……」

「ギャレット、開けてちょうだい」

開封したギャレットは、顔色を変えた。

「女王陛下」

イルバスに忍び寄る不吉な影。

ベアトリスは、ギネスの真の役割を知った。

自分たちをここに留め置き、身動きができないようにすること。

それがジュスト・バルバの狙いであったことに――……。

エピローグ

頬の長さでばっさりと切り落とした金髪を耳にかけ、アメジストのイヤリングをつける。碧《みどり》色の瞳を充血させ、彼女は低い声で言った。

「ブリジット。私の化粧品をすべてここに並べて。ひとつ残らずよ」

かすれるような声で、ささやくように申しつける。これは彼女の癖《くせ》だった。

外見を最も重要視して集めた使用人たちは美男美女揃《ぞろ》いで、主人の命令は忠実に聞いた。侍女《じじょ》のブリジットの合図でメイドたちは動きだし、山のような化粧箱が積み上げられていった。

ガラス小瓶に入った化粧水やクリーム、東洋の花をあしらった陶器に入ったおしろいや、ありとあらゆる色の頬紅や口紅、蜂蜜の入ったハンドクリーム。彼女のお気に入りは実に多彩であり、しかも大陸での最新の流行をおさえた、質の良いものばかりであった。

「もう並びきらないぞ。追加のテーブルはまだか」

「早くしろ、奥さまがお待ちだ」

男たちは役者のような色男ばかりで、女主人のためならきびきびと動き、愚痴ひとつこぼさない。

「いかがでしょうか。ふさわしいものをお選びくだされば、我々が荷造りいたしますが」

筆頭執事のライナスが声をかけると、彼女はどれもお気に召さないとばかりに首を横に振る。

「イルバスは乾燥するんだもの。いつものやつじゃだめ。持っていくとしたらこれだけれど」

彼女が扇《おうぎ》の先で指したのは、「里帰り」のときには欠かせない、メイル社の保湿化粧水である。

「全然足りないわ。ああ、どうしてもっと注文しておかなかったのかしら」

「申し訳ございません。私の管理不足でございます。今からでも追加で手配しておきますか？」

「お願い。クリームも追加で。すぐに間に合うかしら」

「メイル社なら、奥さまのお名前を出せばすぐにでも送ってよこすでしょう」

カミラ・ベルトラム・シュタインベルク。それが彼女の名。降嫁《こうか》前はカミラ・ベルトラム・イルバスと呼ばれていた。前女王の娘であり、イルバスの姫君であり、そして共同統治制度を敷くイルバスで、唯一「王にならなかった」女である。

「わかったわ。メイル社の商品を一式揃《そろ》えて、後から送ってちょうだい。そうと決まったらすぐに片付けて。オーウェンに見つかったら大変だわ」

美しさとは、努力をけして見せないことにある。

カミラはどれだけ美貌に金と時間と労力を注ぎこんでも、それを夫のオーウェンには悟らせなかった。生まれながらにして世界で一番の美女でいたかったし——事実彼女の容姿は恵まれていたのだが——夫には、自分の妻が「天与の」美女であることを誇らしく思ってもらいたかったのだ。

結婚したからといって、所帯じみた女になるのはごめんだった。

王冠などなくても、私は美しい。それを体現するためなら、カミラは白鳥のように、水面下でけんめいに足を動かし続ける。

「奥さま！　大変です。旦那様がお帰りになりましたわ」

「急いで。誰か私におしろいの直しと香水を」

男たちはテーブルを続き部屋へ押しこみ、侍女たちはカミラの身支度に取りかかった。

とびきりの笑顔をセットすると、夫が扉を開けるなり、カミラは彼に抱きついた。

声を一オクターブ上げ、夫に可愛らしくしなだれかかる。

「オーウェン。世界で一番愛《いと》しいあなた。お迎えに出られなくてごめんなさいね」

「カミラ、今日もとびきりきれいだよ」

「うれしいわ。さっき起きたばかりで、全然なにもしてないのに、恥ずかしい」

使用人たちはよく訓練されている。彼女の台詞《せりふ》にも、高くなった声も聞こえなかったふりをして、それぞれ忠実に職務をこなしていた。

「さっき起きたって、もう夕方だろう。まさか、また貧血で倒れていたのかい」

「そうなの。私っていつまでも虚弱が治らないのね。でもあなたに心配をかけたりしないわ。晩餐《ばんさん》はきちんと食べられそうだから」

カミラは生まれながらにしての健康体で、本日もたっぷりと昼食を胃袋に収めたのだが、夫には虚弱で通している。その方が気にかけてもらえるからだ。

男はか弱い女が好きである。好きな人の好みの女でいること、それがカミラの生きがいなのだ。

ただし、夫のいぬ間に体重の管理をするのは、すこぶる大変である。

「そうか。では料理長に言って、今日の献立は滋養のあるものにしてもらおう。少し待っていておくれ」

オーウェンはカミラの頬にキスをすると、出ていってしまった。

給仕係にはサインを送っておかなくてはならない。私のパイだけ、取り分ける際に肉を抜いてもらわないと。

カミラは低い声で、一番に信頼している侍女の名を呼んだ。

「ブリジット」

「はい」

「さっさとイルバスに行って、面倒ごとを片付けるわよ」

「かしこまりました」

「あんな乾燥大国に長逗留《ながとうりゅう》したら、皺《しわ》が増えるかもしれないじゃない。可及的速《すみ》やかに問題を片付けないと。まったく、私のいとこたちはなにをやっているのかしら」

アルバートはカスティアとの国境へ。ベアトリスはニカヤへ。サミュエルはベッドの中。いとこたちは全員が全員、沼地にはまるようにして動けなくなってしまった。

「なにが共同統治よ。棺桶に片足を突っこんでいるような相手に振り回されるなんてね」

ジュスト・バルバには気をつけろ――。

アルバートからの手紙をくしゃりと握りしめる。

「ミリアム王女の息子か。まだ生きていたの。ずっと自由を謳歌《おうか》していればよかったのに、王冠を欲しがるなんてもの好きな人ね」

そう、私は王冠を捨てた。

あんなもの窮屈《きゅうくつ》よ。人生を灰色にするだけ。

カミラはつねづね疑問だった。

王が何人もいる国で王冠をかぶり続けることは、たったひとりの愛しい人と生きることよりも価値のあることなのだろうか。

己のすべてを賭けても構わないと思うほどのかけがえのない存在は、なかなか見つからない。もしかしたら、そういった運命の相手に出会わず死んでいく女も大勢いるのだろう。惰性《だせい》で選んだ男を夫にして、「私は幸せよ」なんて毎日自分に言い聞かせて生きる？ありえない。

かといって、王冠をかぶって男のように生きるのもご免こうむりたい。女王は結局、他の王が有利になるような結婚を強《し》いられるじゃないの。王冠と政略結婚、どっちも背負うなんて冗談じゃないわ。

普通は、女のベルトラムは好き勝手に相手を選んだりできない。ベアトリスがあの従者と結婚できたのも、天地がひっくり返るかと思うほどの出来事だったのだ。

（でも私には、運命の相手が現れたのよ！）

さすが私。さすがの幸運。太陽の一族、ベルトラム王家の血は伊達《だて》ではない。

オーウェンはカミラにとってのなによりの宝だ。他人の中に自分の生きがいを見つけるなんて、奇跡のようなものなのだから。

「カミラ、大丈夫かい。夕食は摂《と》れそう？」

「ええ、オーウェン。待ってちょうだい、すぐに行くから」

優しいところも素敵。

夫の気遣《きづか》いに、カミラはうっとりとほほえんだ。

オーウェンは目もくらむような美男というわけではない。容姿は十人並みだし、背だって高くない。一見すると平凡で、とりたてて特長のない人なのだが、その知性と物腰の柔らかさに、カミラは骨抜きになっていた。彼はカミラよりも多くの本を読み、芸術に触れて育ち、たくさんの楽器を奏《かな》で、誰よりもスマートに踊ることができたが、それをけしてひけらかしたりはしなかった。

穏やかに見えるが、弁舌も立つ。彼が交渉の場に立てば、どんなにこじれた話もたちまちにまとまった。

外交官としてイルバスを訪れたオーウェンに出会ったのは、カミラが王女であったときだ。

澄み渡るようなグレーの瞳が、カミラを前にして優しく細められたとき、彼女は自分が世界で一番幸福な女であることを実感したのである。

「この幸せを、誰にも壊させないわよ」

夫を階下で待たせ、カミラは手鏡をのぞきこんだ。オーウェンと引き離されてしまうかもしれない。そう考えるだけで、自分でもぞっとするほどの冷たい顔となっていた。

私はただの女とは違う。女王の座すら蹴った女なのだ。平凡な女のように、ただ指をくわえて悲劇に酔って、面倒ごとが過ぎ去るのを待ったりなんかしない。

「私から恋と美貌を奪う者は、死あるのみだわ。ライナス」

「はい」

「荷は王宮へ送って。サミュエルの見舞いに行くわ。ブン殴ってでも元気を取り戻させて、あの子をベッドじゃなくて玉座《ぎょくざ》に固定させなくちゃ。アルバートには疲労骨折するまで戦わせて、ベアトリスのいない穴を埋めさせないと。私たちはその間に、死にぞこないの羽虫どもを潰《つぶ》すわよ」

「かしこまりました、奥さま」

ライナスは恭《うやうや》しく頭を下げると、カミラ気に入りの化粧品を丁寧《ていねい》に梱包《こんぽう》しはじめる。

「ブリジット、ドレスを選ぶのを手伝って」

「はい、奥さま」

「髪を切るんじゃなかったかしら。イルバスでは、まだ女性の短髪は目立つもの」

「奥さまはいつだって流行の最先端を行くお方でございます。奥さまのお姿を見たならば、すぐにイルバス中の女が髪を切るでしょう」

そう言うブリジットも、髪を短く切っている。カミラに合わせて真っ先に長い髪を手放したのだ。

「奥さまはいつだって、完璧にお美しいですわ」

「ありがとう」

カミラは幼いころから人形のように美しいと言われていた。同じような形容で褒《ほ》めそやされていた従妹《いとこ》のベアトリスにも、負けていないつもりだ。それに瞳は、いとこたちの誰よりもきれいな碧色である。

……サミュエルの瞳には、ちょっぴり負けるかもしれないけれど、それだって好みの問題よ。

「さあ、総出で取りかかって。夕食を食べ終わるまでには、荷造りを終えて頂戴。急がなくてはならないわ。私が真に王冠と無関係でいるためには、イルバスは常に平和でなくてはならないの」

覚悟は揺るがない。

イルバスにもう一度足を踏み入れるとしたら、それは自分にとって、愛を懸《か》けた戦いのときだと決めていたのだ。

遠いふるさとに思いを馳せ、カミラは春の詩を口ずさんでいた。

※この作品はフィクションです。実在の人物・団体・事件などにはいっさい関係ありません。

集英社オレンジ文庫をお買い上げいただき、ありがとうございます。
ご意見・ご感想をお待ちしております。

●あて先
〒101-8050　東京都千代田区一ツ橋2-5-10
集英社オレンジ文庫編集部 気付
仲村つばき先生

神童マノリト、お前は廃墟に座する常春の王
集英社
オレンジ文庫

2022年1月25日　第1刷発行

著　者　仲村つばき
発行者　北畠輝幸
発行所　株式会社集英社
〒101-8050東京都千代田区一ツ橋2-5-10
電話【編集部】03-3230-6352
【読者係】03-3230-6080
【販売部】03-3230-6393（書店専用）
印刷所　株式会社美松堂／中央精版印刷株式会社

ISBN 978-4-08-680431-8 C0193